U0924191

同文書庫·厦門文獻系列　第四輯

玖

菽莊小蘭亭徵文錄　鷺江泛月賦選

林爾嘉·選編

厦门大学出版社
XIAMEN UNIVERSITY PRESS
国家一级出版社
全国百佳图书出版单位

图书在版编目(CIP)数据

菽庄小兰亭征文录;鹭江泛月赋选/林尔嘉选编.—厦门:厦门大学出版社,2019.12
(同文书库.厦门文献系列.第四辑)
ISBN 978-7-5615-7576-5

Ⅰ.①菽…　Ⅱ.①林…　Ⅲ.①中国文学—现代文学—作品综合集　Ⅳ.①I216.2

中国版本图书馆 CIP 数据核字(2019)第 273306 号

出 版 人　郑文礼
责任编辑　薛鹏志　章木良
封面设计　李嘉彬
技术编辑　朱　楷

出版发行　厦门大学出版社
社　　址　厦门市软件园二期望海路 39 号
邮政编码　361008
总　　机　0592-2181111　0592-2181406(传真)
营销中心　0592-2184458　0592-2181365
网　　址　http://www.xmupress.com
邮　　箱　xmup@xmupress.com
印　　刷　厦门集大印刷厂

开本　787 mm×1 092 mm　1/16
印张　11.5
插页　3
字数　200 千字
印数　1～1 000 册
版次　2019 年 12 月第 1 版
印次　2019 年 12 月第 1 次印刷
定价　120.00 元

厦门大学出版社
微信二维码

厦门大学出版社
微博二维码

總　編：
中共廈門市委宣傳部
廈門市社會科學界聯合會
執行編輯：
廈門市社會科學院

『同文書庫·廈門文獻系列』編輯委員會

顧　問：
葉重耕
編　委：
何瑞福　周　旻　何丙仲　洪峻峰　謝　泳　鈔曉鴻　陳　峰　李　楨　李文泰
主　編：
何瑞福
副主編：
洪峻峰　李　楨

前言

愛國臺胞林爾嘉於癸丑（一九一三年）孟秋，『在（鼓浪）嶼之南得一地焉，剪榛莽，平糞壤，因其地勢辟爲小園。手自經營，重九落成，名曰菽莊』（《日光岩、菽莊花園摩崖石刻》）。建園的同時，還成立了一個以『菽莊吟社』爲名的文學社團。吟社成立伊始，就仿效元初月泉吟社以刊詩、徵詩爲傳世的舊例，開展頻繁的創作活動。他們或『嘯侶命儔，更唱迭和』（沈琇瑩《紅蘭館詩鈔序》，載《紅蘭館詩鈔》，厦門大學出版社，二〇一六年），或圍繞菽莊主人的喜慶和節慶，以及園内一些景點落成或遊賞而開展的雅集聯吟，或買詩天南、徵詩文於海内。這些活動由於徵集範圍廣，參與的吟侣有兩千餘人，因而留下的作品不計其數。林爾嘉十分注重這些成果的甄選和出版，他先後編選印行了一批出版物，它們大體上可以分成三種類型。

第一種是以面向全國範圍内徵詩，作品經過篩選後評出等級，除按級别頒發獎品外，入選甲等者的作品還結集印行。如：乙卯（一九一五年）所徵，丙辰（一九一六年）刊印的《虞美人詩録》（七排二十韻）；丙辰所徵，丁巳（一九一七年）刊印的《黄牡丹菊詩録》；己未（一九一九年）所徵，同年刊印的《菽莊吟社七夕四詠詩録》；己未所徵，同年刊印的《閏七夕乞巧回文詩録》（己未徵詩並刊印的這兩本詩錄合爲《菽莊吟社七夕四詠・閏七夕回文合選》）；庚申（一九二〇年）所徵並刊印的《碧山詞社帆影詞錄》；辛酉（一九二一年）所徵，壬戌（一九二二年）刊印的《菽莊三九雅集詩錄》；壬戌年所徵，甲子（一九二四年）刊印的《壬戌七月既望鷺江泛月賦選》；甲子年所徵，戊辰（一九二八年）刊印的《菽莊小蘭亭徵文錄》等。

第二種是圍繞菽莊主人的喜慶節日，來自本地乃至省內的賀詩祝辭，如：民國三年（一九一四年）所徵，同年刊印的《菽莊主人四十壽言》詩文集；民國五年（一九一六年）所徵並刊印的《菽莊主人銀婚帳詞》；民國十年（一九二一年）所徵，同年刊印的《菽莊林先生暨德配雲環龔夫人結婚三十年帳詞》；民國十一年（一九二二年）所徵，癸亥（一九二三年）刊印的《菽莊主人四十有八壽詩》；民國十三年（一九二四年）所徵並刊刻的《菽莊林先生暨德配雲環龔夫人五十壽言》；民國二十三年（一九三四年）所徵並刊刻的《菽莊主人六十壽言》等。

第三種是菽莊吟社的社課雅集或其他活動的詩歌結集，如：民國九年（一九二〇年）雅集徵詩，辛酉（一九二一年）刊印的《庚申菽莊詠菊》；民國十年（一九二一年）徵詩，壬戌（一九二二年）刊印的《菽莊夢中得句唱和集》；己巳（一九二九年）所徵的《菽莊觀菊》（稿本）和辛酉（一九二一年）九月雅集，由林爾嘉之子林景仁輯錄的《菽莊玩菊詩》等。

我們從黄乃江的《東南壇坫第一家——菽莊吟社研究》一書中可知菽莊詩社的吟侶遍佈海内外，有名號可據的已近兩千人。再從其向海內徵詩的部分單行本的前言後記所載，也可知每次應徵的詩文數量都非常之多。如：《虞美人詩錄》應徵者『逾有千首』（一千七百零四件）。《黄牡丹菊詩錄》應徵『作者如林，得吟卷千餘本』（一千一百一十六件）。《葓莊吟社七夕四詠詩録》和《閏七夕乞巧回文詩録》的兩次徵詩，『海内外投稿逾四千首』。《葓莊三九雅集詩録》『此次徵詩共得七言古體詩一千三百餘首』。《碧山詞社帆影詞録》雖無序跋，但從獲獎情况來看，甲選二十名，乙選四十名，丙選二百名，『以外七百餘名』，總數已接近千名。《葓莊小蘭亭徵文録》除有姓名登録的獲獎者一百二十名外，還有『其餘四百名』，總數至少也有五六百名。《壬戌七月既望鷺江泛月賦選》甲選二十名，乙選八十名，丙選兩百名；《葓莊玩菊詩》甲選三十名，乙選四十名，丙選二十名，丁選二百二十名，這兩項的入選人數都各自有三四百名之多。這説明葓莊吟社不僅吟侣分佈地域廣，人數衆多，而且社事内容十分豐富，成果斐然。

『庚辰（一九四〇年）夏五』，葓莊主人將第一種類型的八種單行本，經過精選，合併爲一册，名爲《葓莊叢刻八種》。《葓莊叢刻八種》中的《虞美人詩》係《虞美人詩録》的精選本，入選作者及篇數同於原來的前十名、詩十首。《黄牡丹詩》係《黄牡丹菊詩録》的精選本，由原來的前二十名、詩八十首，再選爲七名、詩二十八首。《七夕四詠》係《葓莊吟社七夕四詠詩録》的精選本，由原來的前二十名、七絶詩五十三首，再選爲六名、詩二十四首。《閏七夕乞巧詩》係《閏七夕乞巧回文詩録》的精選本，由原來的前二十名、詩二十四首，再選爲十五名、詩十八首。《帆影詞》係《碧山詞社帆影詞録》的精選本，與原來的前二十名、詞二十篇一致。《三九雅集詩》係《葓莊三九雅集詩録》的精選本，由原來的前二十七名、詩二十七首，再選爲九名、詩九首。《鷺江泛月賦》係《壬戌七月既望鷺江泛月賦選》的精選本，由原來的前二十名、賦二十篇，再選爲八名、賦八篇。《小蘭亭三修禊序》係《葓莊小蘭亭徵文錄》的精選本，由原來的前三十名、詩三十首，再選爲十名、賦十篇。輯入《菽莊叢刻八種》的所有作品經過兩次篩選，可謂都是一時之選的精品。

二〇一八年，『同文書庫・厦門文獻系列』第三輯收錄了《菽莊叢刻八種》，並以《菽莊三九雅集詩錄》和《菽莊夢中得句唱和集》這兩冊單行本作爲『外二種』，交由厦門大學出版社影印出版。今者又以《菽莊小蘭亭徵文錄》和《壬戌七月既望鷺江泛月賦選》這兩個單行本，再附以《菽莊玩菊詩》，合爲一冊，編入該文獻系列的第四輯出版。

《菽莊小蘭亭徵文錄》和《壬戌七月既望鷺江泛月賦選》是菽莊吟社兩次較大規模的面向海內徵文活動的成果結集。菽莊吟社的徵詩徵文活動，從一九一四年的《菽莊主人四十壽言》已經開始，而向海內吟侶的廣泛徵詩，至遲也始於一九一五年的《虞美人詩錄》，乃至這兩次徵文之時，與海內詩文界已是翰墨緣深，可謂登高一呼，衆山回應。

甲子（一九二四年）暮春三月，林爾嘉在『補山園之左』建小蘭亭成，遂三次『召客修禊』。從其徵文的啟事來看，小蘭亭『作於甲子陬月，以三月三日竣工』，當天即舉行修禊事，『到者二十一人』，『月之十三、二十三日，仍集小蘭亭，作再三修禊』，到者分别爲二十五人、三十八人，『各有詩』。這就是說，甲子暮春的三次修禊，已有八十四人寫詩了，所需要的是一篇如同晉代王羲之那樣的序言，於是『遍乞海內外椽筆爲斯亭增色』，徵文的題目初爲《甲子三月菽莊小蘭亭三修禊序》。小蘭亭修禊序的徵集，從甲子年至戊辰年歷時五年。以書後的啟事所載，至少有五百二十名作者參加這次徵文活動。戊辰年（一九二八年）春，菽莊主人林爾嘉在瑞士養疴期間，將海選而得的序文中，『謹錄三十篇郵付剞劂』，總其名爲《菽莊小蘭亭徵文録》。

比小蘭亭修禊序的徵集要早兩年的，是壬戌年（一九二二年）徵集的《壬戌七月既望鷺江泛月賦選》。福州文人陳福鋃應徵的賦前小序有云：是年菽莊花園內壬秋閣建成，『適值壬戌望日，主人云：「此東坡前遊赤壁日也。」命其宗人瑞亭繪刻東坡肖像嵌石於閣壁，乃召衆賓置酒以落之。是日久雨新霽，酒興正酣，夕陽漸匿，新月初上。遠視山光若新沐，潮聲激石如鳴夕鐘。……遂與客泛舟江上，遊歸，而主人自述其事，遍徵諸作者。』（《壬戌七月既望鷺江泛月賦選》，一九二四年刊本）。菽莊主人林爾嘉甲子（一九二四年）端午在所作的前言云：『壬戌七月徵賦，承海內諸君子惠以鴻篇，正擬盥薇諷誦，適逢沿海變亂，各郡相繼騷然，社侶既散，吟聲亦輟。……甲子暮春始獲集社侶從事披讀。』於是，從這些『宏篇鉅制，滿目琳琅』的徵賦中，選擇了三百篇作爲中獎作品，其中甲選者二十人，其作品二十篇即刊爲《壬戌七月既望鷺江泛月賦選》，由華洋印務書館代印。

《菽莊小蘭亭徵文録》和《壬戌七月既望鷺江泛月賦選》的辭賦作品大部分以駢體文體寫成，有些雖然通篇是文言文，但其中也夾雜了不少優美的『四六』句。這些用四言六言的句子對偶排比而成的美文，『鋪採摛文，體物寫志』，各具風採。其藻飾華麗，用典雍雅，聲韻鏗然，讀之令人瓠犀生香。特別是在描寫菽莊花園以及厦門、鼓浪嶼美麗的山海風光、歷史文化方面的遺辭造句，對我們今天仍有借鑒的作用。

學術界已經注意到，菽莊吟社多次的海內外徵集詩文，厦門本地以外的作者入選比例甚高，尤其是揚州作者更是如此。如：《菽莊小蘭亭徵文録》入選的一百二十位作者中，籍貫爲揚州（含江都）者居然有五十人，即經過精選的序言作者三十位中，揚州、江都籍的作者也有十二人之多。《壬戌七月既望鷺江泛月賦選》入選的三百位作者中，前二十名中包括揚州在內的江蘇籍作者人數也超過一半。揚州是一座歷史悠久的文化名城。近年揚州文史界在研究清末民初當地『冶春後社』的同時，發現這個民間文化團體與菽莊吟社的關係至爲密切，幾乎『冶春後社』的大部分成員都參加過菽莊吟社的徵詩徵文活動。

揚州的冶春詩社始創於清初的王漁洋，此後經過孔尚任、盧見曾、阮元等人的努力，形成了一個頗具影響的民間文學團體。近代鴉片戰爭以後，社事日逐零替，直到清季的光宣之際，揚州的地方名流、文人學者纔再次發起恢復詩社的活動，易其名爲『冶春後社』。該社原先沒有固定社址，或在揚州城裏的風來堂、惜餘春茶社及南門城樓臨時聚會。民國四年（一九一五年）以後纔在瘦西湖邊上的徐園活動。據說林爾嘉曾派人到揚州聯繫，最後在『屋小於舟』的惜餘春茶社見到這些詩文高手。菽莊吟社和冶春後社以及其他不同地域之間的文化交流，無疑是一件非常有意義的事。

收錄在本輯的《菽莊玩菊詩》是一本很罕見的有關菽莊吟社的出版物。其封面除『菽莊玩菊詩』這個書名外，還標明『辛酉（一九二一年）九月』『蟫窟第十期』。蟫窟是林爾嘉之子林景仁的別號。林景仁，字健人，又字小眉，別署蟫窟主人。他是菽莊吟社的重要吟侶。黃乃江的《東南壇坫第一家——菽莊吟社研究》僅提及林爾嘉在其《庚申（一九二〇年）菽莊詠菊八首》之三有注：『乙卯（一九一五年）長子景仁邀諸社侶爲壽菊會，有《壽菊詩集》』，並說『所知者尚有：（一）《菽莊玩菊詩選》十冊。爲林景仁所組織之「玩菊」活動的作品專輯，每期活動輯錄詩選一冊，共計十冊，由全閩報社編輯出版，刊行時間未詳。未輯得』。可見以林景仁爲主的壽菊會成立時間也很早。這個名爲《蟫窟》的刊物，目前尚未爲人所知，它有可能即林景仁組織的壽菊會的作品專輯。值得注意的是，其書後還刊登一頁『第十一期題目』爲『談瀛軒（下注：七律一首、不限韻。軒爲菽莊藏海園二十八景之一）』的徵詩小啟：『限至古曆十二月十五日截收。投稿者希交新嘉坡日本實得力六十五號福記棧、蘇門答臘棉蘭埠北京路福記棧、厦門鼓浪嶼菽莊吟社。』因而可知這個壽菊會當是菽莊吟社的一個旁支，且其徵詩物件，很可能是以南洋一帶的華僑文士爲主。

《菽莊玩菊詩》，當是辛酉（一九二一年）秋以『玩菊』爲題的一次徵詩活動所選的作品輯錄。經過評選，共得四等三百一十名，其中甲選三十名，乙選四十名，丙選二十名，丁選二百二十名。所輯錄的是甲選作者的四十六首五言律詩（其中有若干首同題的七律詩）。

觀荷、賞菊是菽莊吟社的主要活動內容，作者有關這方面的作品往往都有深刻的含義，蘊含著菽莊主人和吟社同人的思想感情，具有很濃厚的時代氣息。

何丙仲

二〇一九年立秋之日於雲頂岩麓之一燈精舍

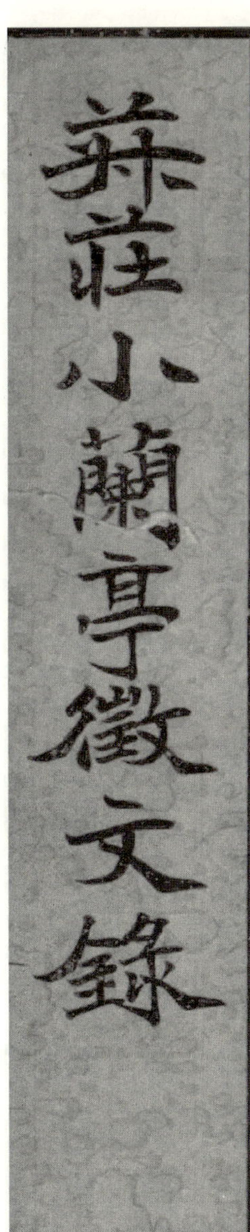
菽莊小蘭亭徵文録

至於天朗氣清惠風和暢則今之三月無異古之三月也良辰美景宜非主人之所專獨主人修禊之會月舉再三又豈徒愛惜光景及時行樂云爾哉蓋思禊事之舉所以袚除不祥也今之世界至爲不祥矣佳兵者紛紛充滿宇宙之大戕賊品類之盛仰觀俯察蒿日焉耳矣後之視今今之視昔與東晉時同不同又未可知也主人心焉憫之而無如之何不得已而託於家園之禊事殆有意袚除之而至於再至於三乎其袚之而不祥遠焉天心之將悔禍也其袚之而不祥如故焉人心之未厭亂也吾於主人遠在三千里外未獲與於斯會取

羣賢之詩而讀之然知必皆憂國之英傷時之彥拔劍斫地悲歌慷慨之所爲作也嗚呼噫嘻誠如右軍序中所云興感之由若合一契也乎臨文嗟悼不能喻之於懷右軍固先我言之矣是爲序

陳鉅前

昔周公旣成洛邑因流水以泛酒故逸詩有羽觴隨波之句後代祓禊卽沿於此司馬晉始都洛陽洛陽洛水之陽故其時之修禊者咸在洛濱後遷建業建業筦吳越之樞會稽隸焉會稽有蘭亭山水佳處每歲值上巳中朝士夫下及貴游子弟多於此張飲爲樂然皆不傳

傳者獨王右軍非以其文之不朽乎叔臧侍郎家居擅池館之勝因慕右軍之風流築亭曰小蘭亭落成之月適值禊辰大集名流歌咏其事吾意座賓當有援昔張老賀趙文子成室之文而略更其詞曰觴於斯咏於斯集少長於斯爲主人壽者惟未知是日所行觴政亦如右軍當日不能詩者罰飲三斗否令節既過乃侍郎則有感於蘭亭序俯仰陳迹之言復於月之十三日再修禊月之二十三日三修禊興會淋漓創古人所未有顧吾考唐書文宗時已有以十三日爲展上巳又考宋書謂魏以下上巳但用三日不復用巳是三修禊亦有所

本侍郎博雅於此見一班且吾閲世説有以石崇金谷園序方蘭亭序右軍甚有欣色蓋人但知崇爲豪士而不知崇固名士崇所與遊者潘安仁陸氏機雲兄弟今侍郎所與唱和者皆一時才俊是侍郎於崇固不多讓即以三修禊序方蘭亭序亦何不可抑吾更有言焉侍郎曾受遜朝職銜後雖易籍而故國數千年歲時遺俗恆惓惓不忘觀於前後徵吟如七夕四咏潤七夕回文三九雅集及此次命題樂操土音蓋不忘本也惟前此但徵佳作不兼及書兹兼註意書法殆以右軍禊帖以文傳亦以書傳晉書載右軍此帖用蠶繭紙鼠鬚筆書

凡二十八行三百二十四字故侍郎此次徵文亦特頒紙格乎鄙人不揣竊欲附驥特恐文既類疥駝書亦譬野鶩有濆玄覽然終不能自閟者則以吾閩東門外有桑溪溪流玉折風景不減蘭亭昔閩王延曦修禊於此石刻猶存侍郎他日倘遊閩挈俊侶修故事於桑溪鄙人倘得因是作而獲與禊飲之末是所厚望爰序並書

邱中基

蓋聞羽觴隨波逸詩記東洛之盛金人捧劍霸圖兆西時之祥他如武皇飲公主之家文宗賜侍臣之宴武林社鬧百戲具陳昭慶寺祟十方隨喜重三令節佳話爲

多要不若山陰一集長留繭紙英靈座上羣賢半屬烏衣逸彦此寶晉齋所以流馨悅生堂特爲印可也菽莊侍郎僑居鷺島天授鶴姿逍遥契南華之旨瀟灑慕東晉之賢風雅主持不數月泉社長江湖流寓合稱烟波釣徒憶荆楚之歲時借題托興援洛陽之風土踵事增華時則菽莊之小蘭亭適成意匠經營額題揭蘖頗得鷗波之趣不襲龍泉之名放鶴此間共識逋僊遺裔流觴是日允爲内史替人於是散桃花之牋滌竹葉之甕節過寒食可尋參寥子茗談會匪龍華不犯太常家齋禁溱洧渙于焉贈芍滄浪清可以濯纓浴蘭和楚澤之

吟藉草仿新亭之宴座無鵬鳥主人可釋憂顔鼎有熊
蹯賓從相誇食指曳白依舊章罰飲踏青覓前伴出遊
祖典不忘國香共佩固已舉不祥而盡祓且勿問爲歡
之幾何而乃折柬更番飛蓋絡繹三毛飯設三雅酒陳
郝參軍蠻語翻新裴逸民清談許續佳章擊節一唱三
嘆有餘音急鼓催花再衰三竭可勿慮廣曲江三日之
宴爲平原十日之歡黍麴三與嘗新油花三符卜吉三
生白石上寫成行樂之圖三疊紫雲回合與列僊共咏
九十日韶光欲滿棲尾尤佳廿四番風信頻催紅顔未
老餘興固知不淺數見誰謂不鮮一咏一觴鎮與古懽

相接三薰三沐更何宿垢之留回憶廈津兵火戰艦連檣惡氛非桃茢能祛清興爲蘆笳所敗以致新題閣置隔歲始頒取嘲明日黄花盼斷好音青鳥茲者薺花綻綠柳帶縈青家山無風鶴之驚里社復雲龍之會吉祥止止花草精神裙屐翩翩林泉潤色三宿下南州之榻三巡傾北海之樽恐鵾鳺之先鳴會𦐇鬥草拚葡萄之共醉候應秉蕑勝會獲從羨餘姚前令嘉招不及愧老符秀才定知三日皆晴天公做美長此一亭不朽地志增光風俗有懷願附孔門言志之列日新共勉竊援湯盤進德之銘

陳謙撝

夫棗浮絳水瞻帷幔之飛揚蘭秉洧濱覩裙釵之雜沓是以時逢元巳世人競效潔清節居上除風尚相沿祓濯修禊之事由來舊矣爰有鷺島寓公孤山世胄混居塵世早滌煩襟黄叔度千頃汪波獨具高人雅量杜少陵萬間廣厦盡教寒士歡顔闢補山藏海之園收太武日光之勝逍遥世外署隱所曰菽莊領略箇中搆小亭於蘆溆更拓一邱凈土適當三月暮春既土木之告成翼然特出雖丹塗之未設卓爾大觀維時宿雨方收鳴禽互答榆錢圓而送暖柳絮舞而弄晴恍憶前游仿泛

舟於赤壁還尋新約踵修禊於會稽於是走柬傳箋歡傳命侶安排酒琖洗滌茶鐺作援蘿結桂之思重招舊雨聯綏帶振襟之雅同挹春風一咏一觴幸歡悰之未損濯纓濯足隨物遇之自然其人如霽月光風澄不清而淆不濁此地有茂林修竹俯可察而仰可觀作倉卒主人佳辰何分今昔開風騷别調險韻競鬬尖义行樂及時良有以也爲歡未已可無繼乎維東道達觀早料盛筵易散而南樓清興還期後會重修緣本三生韶華總須暫駐月凡三集童冠儘可與偕酒罰三升先期預令徑延三益指日頻開社人共惜三春座客幾增三倍

但見香車寶馬謝庭之子弟爭來帽影鞭絲白傳之池臺殆滿工對儘多東晳善談不乏張華主不俗則賓盡歡曲彌高而和非寡人謂灞上洛中之禊無其雅金堤石壇之禊無其長也然而竹林昨游或多問訊蘭亭後感不盡牽縈具茲澄抱淵衷恨不廣交四海願以騷人墨客傳來韻事千秋新而又新共徹湯盤之旨樂能同樂如聞點瑟之聲起應騷盟音毋遐乎金玉集成禊帖裝特美以潢池定知賦就甘泉才多吐鳳經書道德字可換鵝惟是王寧朔作序芳林園文終拘乎應制顏特進賦詩樂游苑意總涉於貢諛泉石風流紀事但求翔

實詠歌清曠擒詞無取掞張僕也筆乏生花緣慳躡柳
怦然見獵率爾效顰忘異地關河竊附澡心浴德相昔
年裙屐如親洗髓伐毛醉心儀北海之尊世復見孔融
好客學步序南昌之閣我豈如王勃能文

江桐

百代江山曾經劫火別家庭院一半莽榛即景生情雲
物之變遷不少撫今思昔登臨之感慨何如漁仲荒園
無邊蔓草君莫廢第一片殘陽海燕歸巢未定覓誰家
之壘越禽向暖不知棲何樹之枝漫誇都尉園中珊瑚
七尺誰羨小侯室內翡翠千重此不禁慷慨懷人而惋

傷弔古也迺有廈島鼓浪嶼者徐福神山安期蓬島雲山迢遞佇看天外之槎樓閣參差幻出海中之市波濤拍岸一滌煩襟竹木成林時聞清籟略似裴公緑野儼然李氏平泉遠瞻鹿耳山環螺髻一帶静聽鷺門潮湧鴨漲三篙是蓋囊括宇宙之精英籠絡山川之名勝已菽莊依山結宅導水爲園屈曲唯九折羊腸盤坳若三危鳥道闈扃止水園傍補山繚蘆溆以前横激花溝而右轉聽潮樓下籟發茂林藏海園南風摇修竹鶴汀鳬渚秀極人間花塢月潭甲於天下雖當年梓澤無此名區春夜桃園遜兹佳景也於是度地作亭於補山園之

蘆溆止水閘上榜其額曰小蘭亭水明樓榭千片魚鱗柳暗簾櫳半篙卵色羣峯料峭顯層樓複道之奇一水澄清籠月樹煙廊之致波揺鴨緑閣敞千尋山映鴉青亭開四望襟山帶海地勢縈迴紺樹瓊樓花光掩映欒欄數武好看鬬鴨之波竹徑千灣漸近聽鸝之館恍若城邊水榭蹟著樊川依然郭外釣臺名齊任昉晃巖雨霽並看太武當前輞水寒消殊覺故山可過橋小不妨架板也逢題柱長卿溝深可以浣花似有納涼子美時值佳節門無雜賓覽景攄懷及時行樂憶壬戌七月既望東坡始駕扁舟當永和維暮之春逸少嘗臨曲水庶

幾南樓佳興老子何減於諸君依稀沂水遺風狂士偕遊夫童冠王司州流連印渚欣賞尤多謝太傅嘯傲剡溪襟懷不俗湖唱入陽春之調盾墨工變徵之聲林亭獻媚無限風光山水娛情别開世界乃約論文之侶同爲刻燭之吟即席分題抽毫擘紙行閒芍藥盈箱潘岳之花字裏蔔萄一幅邱遲之錦不盡韓潮蘇海豈分王後盧前陌上春多展花箋而咏絮窗前日暖援黛管以吟椒爭看逐句珠璣還愛盈樽酩酊相逢野老秪許看花但值高人何妨載酒提壺樹下半南山賣藥之翁挈榼花前盡北海修琴之客鞭絲帽影來看白傅圖書舞

袖歌衫競和東山絲竹怡然心曠渺矣情長朋輩聯翩
神仙眷屬俄而擊鉢俄而開樽或爲酒龍或爲詩虎松
篁擁腫拓我吟懷雲水蒼茫供人醉眼消受此中清福
搜羅海内名賢索句人來銜杯客滿詞題黄絹一往深
情酒送白衣重逢勝餞提倡晉安風雅十日爲期招邀
汐社詠觴羣賢畢至天開霽景人樂芳辰此地亦許題
襟兼旬又逢投轄歌樓麗句元白同聲酒舍香詞周秦
繼響彩筆成錦瓊筵坐花喜宙合祇此蘧廬嘆人生真
如薤露猶是山陰蘭渚水中沚樂與優遊居然世外桃
源名下士同來唱和敞賓筵而燕館至再至三搆傑閣

以暈飛攸居攸芋癸丑遠追經始賡續十年甲子方慶落成綢繆上巳滿城柳色笛聲早入陽關二月花朝鬪事已過寒食詩詠秉蕑於洧水史稱躤柳於華林地以人傳人因地聚海天景物千里雙眸主客唱酬一月三捷主人本淮海逸民天山遯叟烟霞有癖風月爲緣屐齒巾箱翩其姿致隱囊紗帽宛矣流風夙負雅懷旁招多士閩南淨土絕少塵氛林下清規不諧權貴未央宮外無非蕭相之園晝錦堂前如見魏公之圃栗里高隱君豈獨步此間竹林雅遊我亦樂隨其後奚啻秦川公子咸願依劉還看西鄂文人極思御李三生欲契慕藺

殊深一面無從識荆何自心傾君復敬祝瓣香夢杳文通深慚苗裔予也才猶祭獺技止雕蟲粗曉之無略諳競病柯亭一笛敢邀子野之知爨下餘琴莫入中郎之聽自覺鴉塗無狀投石賈餘更慚蛙吹猶鳴濫竽步後

沈則琦

甲子三月三日菽莊先生小蘭亭落成浹旬陰雨丹雘未加先集社侶仿蘭亭修禊故事觴詠於亭復於月之十三日廿三日賡續前約以三修禊序徵辭海内甚盛事也絮雪飛晴榆風扇暖軌繼山陰之集艷飜洛水之吟震盪軼情發揮奇趣香霏珊架擘顛草而抒辭豪助

金樽拈落花而微笑卓越塵外傳播人寰竊謂先生之會與蘭亭同之者三異之者二勝之者二東晉人物雅擅芬清江左風流競相標映練裙凝墨想丰致於當時玉塵趁談掉蘭荃於暇日先生林泉養素軒冕歛華蒻雲葉而爲裳却柳漿而表色社聯甫里人聚輞川衣悉薜蘿冠皆笋籜具邴原之度襟濯秋清有王衍之姿風遒雲上洵足儀淩鶴氅圖入龍眠此一同也覽蘭亭之圖搜宋濂之記據茵倚磴異態殊形魚唼微萍鵝翫嫩藻倒修篁於硯影映綠成波上淺草於裾痕落紅點色清泉引帶曲水流觴或掃石而題詩或臨溪而展軸先

生尊盈北海饗嗣西京軒敞談瀛陋虞初之小志齋聞擊鉢鬥白傅之長篇臺可枕流波堪渡月簾開放燕欄倚戲鴛室藴蘭蕙之香人入熙荃之畫此二同也天朗氣清惠風和暢時當春暮景入秋中檢失於羲之選遺於蕭統惟是禊聚最快時晴柳風吹面而不寒山色迎眸而如笑先生亭工已落宿雨未收雨續前遊三修禊事天故延此佳日人盡愜夫幽懷虛樹籠晴新苔含潤石皆可語雲無不香皴嵐翠於日巖浣花紅於水閘此三同也逸少之序標以永和之號志以癸丑之年晉室雖東正朔未改先生感興滄海笑撫簪塵非同周召共

和有似豪强割據羣龍無首逐鹿靡常儒仲辭天鳳之徵楊盛署義熙之歲時剛甲子期肇嘉祥此一異也蘭亭之聚赤縣尚寧王敦之亂已夷蘇峻之叛復謐雖猶五胡雲擾寧妨二老風流安石豈盡矯情羲之卒歸樂死先生時艱蒿目路隔桃源刼灰層積昆池妖氛滿布禹域陵弱暴寡等於周代之藩封耀武佳兵劇於唐朝之封鎮淪田廬榛藪殮士卒沙場境難覓於十洲隣多結於三島爲此禊聚聊當祓除此二異也蘭亭之會四十二人王謝固著聲華與公亦尚磊舉其餘諸子大半無聞曳白一十六人殺青三十七首四言體異苿苢五

字格殊河梁扣木得音嚼蠟乏味先生濯心煙素抗志風騷砥學深閎屬辭綺鍊一時鏤雪雕冰之手模山範水之倫莫不送抱推襟掎裳接襼社成多稔禊修十年墨炙金鍼活齊梁於腕下攬英擷秀儲風月於行間鬮韻分吟拈題賭唱聲將擲地氣欲淩空又復鐵網遍沉冰壺同潔嚴汝南月旦萃天下文章截霞采於瑤篇騰珠光於瓊壁此一勝也蘭亭景物雖有崇山峻嶺清流激湍然少水而多山無花而有竹虛亭一角遜樓臺金粉之觀乘與一遊乏昕夕登臨之樂先生納山海之景於一園集園中之勝於一亭林竹蓄翠深於百重之雲

春花新紅靚於十五之女臺閣炫其金碧廊榭極其迴環峯巒墮几以俱青江海懸空以共白致兼三絕之妙快逾四並之亭陟涉無勞眺賞隨趣此二勝也夫人俯仰一世之內周旋萬彙之間察物化之推遷嘆衆生之如寄固宜緣時自適即景流連先生取徑蒼茫寓懷跌宕標舉同於晉代時世異於山陰至人文境地直駕逸少而上之睨視千古禊事三修振餘韻於蘭亭彰清華於藝苑濡毫製序景仰過於昔賢有感斯文是所望於來者

周心翼

蘇屬國之詩曰勸君崇明德隨時愛景光又曰努力愛春華莫忘歡樂時豈不以光陰如過客一去而不復能留深懼德之不修樂于何有益鄭重夫景光之宜愛而行樂須及時也菽莊先生抱樂天之懷感時物之化一年好景多在春秋佳日中記前時泛月鷺江更幾度觀潮雅集而夏之日碧筩酌酒却署荷塘冬之夜綠螘新醅寒消草閣夫固無時不樂矣然而淑景宜人四時最好是三月元吉隆夫初巳惠風風扇其太和會當甲子暮春豔陽時序蘋風送暖柏酒流香先生所由賡續舊章三修禊於小蘭亭也亭作于甲子陬月成于上巳吉日

而卜築于補山園中右有茂林前帶修竹憑欄四望則環繞左右者有南太武日光巖諸峯斯時也淑氣初蝠山容似笑花濃雪霽鳥囀歌來乃當醉杏之天偏致迎梅之雨正苦兼旬陰曀寒入酒杯忻看麗日烘晴光浮瑤席陽春召我煙景媚人盪到輕舟恰受詩龍酒虎張來雅樂聲諧社鼓錫簫則有釀晉桃花圈攜細柳翩翩裙屐畢會芳園先生乃奏樂章陳詩鉢酒依金谷試初觴式燕之賓花落舞筵宜再接飛英之會訂平原十日飲作洞仙三醉歡庶乎大好景光不等閑度矣邇者節過長春人逢拾翠紅酣綠戰吉祥寺花事可觀波詭雲

醵金明池水嬉足樂況復喜聞春鳥勸酒客以提壺往聽黃鸝作詩腸之鼓吹景依依于蕙路情豔豔于蘭時一刻千金良足愛已莫待遣鶯留語餞飲餘春相期射兎分朋盤桓麗景故先生也吟懷跌宕酒德流連三疊蘭亭興復不淺於此間別饒天趣有佳作庶伸雅懷當玆春滿禊堂羣賢畢至或則浣花覓句或則觀釣登臺或撲蝶菜畦或踏青蘆溆或情酣釁浴則灘至白沙或興引浮杯則灣尋碧石或向梅亭而解禊或汲竹井而造箋或談史漢于九九樓頭或數風颿于四四橋上主賓協兮偕樂紅紫鬥厥芳菲是宜著意催花三撾羯鼓

相率賡詩介祉三酌兕觥矧今茲醼敞錢龍買得風光九十驢騰寶馬迎來珠履三千猗歟盛哉於以見先生之樂與人同而德隨時茂矣僕丁茲封運生不遇時德業無稱景光虛度然老當益壯不廢嘯歌樂以銷憂未忘觴詠遙傳芳訊假我文章漫染籐箋懷君盛德娵隅躍浪笑參軍作蠻語之詩曲水流觴師逸少草永和之序

沈賢襄

地之勝有天勝有人勝帶海襟山殫秀蓄奧憑望寥廓靈異所棲勝以天也平危夷險結搆園林輪扶大雅厥

壤用彰勝以人也有天勝而無人勝蘊祕無以宣其奇有人勝而無天勝吟眺不足適其志閩之鼓浪嶼嶼之遐僻者也叔臧林侍郎慨辛亥政變辭簪組歸歸而闢園斯嶼削巉巖疏泉石臨流築閣依嶂爲樓納山海景物於書幌酒甌間侍郎蒔花鋤卉結社聯吟貞固自守邈與世絶甲子三月小蘭亭適又落成雨積旬未施丹雘乃於月之三日至廿三日三修禊事社侶畢集流連觴詠廣徵文辭吾知侍郎斯舉雖仿逸少蘭亭修禊故事然吐納沆瀣揚扢風騷而天人之勝有足以凌越逸少者請得而言之逸少之序蘭亭雖有崇山峻嶺之峭

矗茂林修竹之蒼深然僅清流激湍映帶左右聳拔而乏秀少水而多山菽莊之小蘭亭也位於止水閘上前有修竹右有茂林憑欄四望則諸山環繞雙塔平挹逸少蘭亭之勝無不具且大海汪洋恣肆於亭下凡百粵八閩之帆雲西歐南美之檣影媚落日躡飛霞陰晴明晦變態萬千極山海大觀助斯文奇氣此勝逸少者天也逸少之序蘭亭或方以潘岳金谷詩序大喜過望然秋景入春昭明之選屏不錄至當時之會雖四十二人除孫統謝安外餘子聲譽寂然篇什流傳蕪陋乏味特逸少毫揮神助序賴書傳遂以獨有千古侍郎學富涵

海章成織雲禊事之修賡續十載今亭工新竣三會於斯一時奇偉亮博之士翰矯鱗躍分韻賦詩漱液擷芳光騰玄圃文皆徐庾詩悉蘇韓又復繼結墨緣遍沉珊網使海內文章盡登屏障翹英標儁輳轢山陰此勝逸少者人也惟逸少丁五胡雲擾之季中原板蕩民物凋殘鋒鏑遺黎喪其樂生之氣稽山鏡水留戀春光而鬱伊之情實有不能自已者今則强藩竊柄四海驛騷爭一着於枯棋等羣坻於俎肉刼灰[illegible]曩時侍郎凌霄聳壑緬古愴今天人之勝雖[illegible]山陰而遜世之懷出塵之格亦猶逸少蘭亭之集也豈可軒輕於

其間哉

葉大瑄

鷺江之陽有藏海園園之間泉清而木茂南太武日光巖諸峯環映左右或曰縮滄海於堂坳故曰藏或曰是園也宅幽而景曠隱君子之所藏修侍郎林蔌莊居之蔌莊之言曰吾園經始於癸丑會稽內史作序之歲也洎乙卯而落成蓋修禊事無缺者於兹十年矣小蘭亭之葺則遲之甲子孟陬又以三月三日蕆工蒔竹成林引流位石賓僚觴詠其中陶然成趣依金谷詩作平原飲並展十三二十三兩集巾舄雜遝不期而至者達三

十八人唱酬雜錄裒然成帙不知其視永和禊帖何如也但聽止水聞之過潮看補山園之叢篠游目騁懷彷佛山陰道上吾于此間得少佳趣亦不知老之將至云爾若夫典午風流汔今未沫晉安風雅歷兵火而不歇絶者殆亦昌黎伯所謂鬼神守護呵禁不祥者歟盱衡今宙滄海幾塵黄鑪舊交新亭往涕每一念至感喟無任浮雲變滅倏爲古今俯仰之間豈徒陳迹已哉石匏老人聞其言而善之命絃抽縵爲之歌以張之歌曰菽莊之中唯先生之宮板橋之下可以盥斝蘆瀲之流夕汐朝潮鷺門之山與先生往還仰而俯今而可古觴而

詠酬景光而無盡吁修禊之樂兮樂且未央酒杯在手兮詩卷長藏山海襟懷兮月吉辰良强飲啖兮壽而康招吟侶兮來珂鄉膏吾車兮秣吾馬詣小蘭亭兮從先生以徜徉

厲鼎芬

廈門勝地菽莊樂土嶼能鼓浪園可補山據南粵而海樹蒼接東瀛而扶桑近風帆沙鳥幾人乘泛月之槎繡虎雕龍有客聚餐霞之館高臺臨水曲榭籠雲湖山開翰墨之場賓主鬬尖叉之韻延平水操之遺趾憑吊欷歔和靖林公之雅度風流跌宕十年土木輪奐生輝三

月煙花盤桓盡興昔年宴飲壬秋閣之落成今日流連小蘭亭之雅集塵囂遠隔半郭半村妙趣環生一觴一詠時維三月序屬暮春桃濯雨而萬點紅柳繅烟而千條綠覽韶光於上巳續韻事於右軍憶永和之九年仿平原之十日彩騰丹雘好友重來時近清和羣賢畢至茂林修竹稱大好之幽居蘆溆板橋開天然之畫本倚曲檻拄吟筇遠山曠其瞻眺佳日供其留戀幾生修到鐘鳴鼎食之家一笑相逢阮嘯嵇琴之選鶯歌雨後蝶舞風前落花與柳絮齊飛芳草共春波一色連番擊鉢歡騰玳瑁之筵幾度飛觴春滿瑯環之地唱予和汝逸

興遄飛醉態醺而紅潮生高歌發而白雲遏葛巾野服風希栗里之陶斗酒百篇才比隴西之李賞美景選良辰惜韶序於殘春暢幽情於暇日逃名海澨極詩酒之勾留放覽神州感滄桑之倏忽歎潮流於大陸悲戰禍於中原烽火起而南土荒煙塵生而北平暗連天鶴唳誰憐遷徙之人徧地鴻嗷盡是流離之子望春臺而不見躋仁宇以何年嗚呼國步艱難世風否塞魚龍曼衍鷸蚌紛爭聽鼙鼓於沙場安居誰卜驚干戈於海角餘燼猶存所賴君子樂天達人俟命及時行樂寧存屈子之心把酒賦詩且結香山之社視浮生而若夢處濁世

以猶歡酒杯在手萬事皆休明月前身一塵不染維持文化獨扶大雅之輪薈萃賢才屢設羣英之會僕儒冠終老壯志空存幾輩封侯讓祖鞭之先着一氈坐冷恨班筆之未投落華翰於雲邊慕高風於海上獻雕蟲之小技抱附驥之奢懷他日買舟趨陪末座今晨屬稾笑付郵筒雁塔題名憶前塵而太息龍門在望奏薄技以何慚嗚呼雅頌云亡絃歌久輟陰霾四起日月韜光異學爭鳴徒興嗟於末路斯文遠紹是所望於羣賢引領海隅傾心文宴爰抒蟻慕且效蟲吟千紅萬紫紛無數大好春光莫辜負身外浮名水上漚眼前世事花間露

流連詩酒醉芳辰笠屐圖開滿座春蘭亭風景空今古
觴詠千秋有幾人

陶磨蝎女史

刼火駝荒晉室之偏安已歇墨池鵝放山陰之道士不還昔者右軍逸少放志林泉怡情巖壑當日內史典郡曾偕孫綽李充許詢支遁諸友相與賞會稽之山水標江左之風流蘭亭修禊時粤惟永和癸丑九年證之法書錄所載謂偕孫統等二十四人酒酣賦詩製序用蠶繭紙鼠鬚筆書實則到會者四十二人子敬同來方回後至鳳毛年少猶未識渡頭桃葉之呼燕子春嬉應不

少國手棋枰之聚序中所謂羣賢並至蓋指方回諸名士言所謂少長咸集者卽指兒輩子敬等也詠歌已往裙屐何之閒話流風欲呼明月今蔌莊侍郎建築小蘭亭於甲子陬月以三月三日畢工卽於是日集社侶修禊事不須秉燭惜百代過客之光陰莫認湔裙作一水麗人之眺望先生意謂今者茂林修竹何必異於當年之曲水流觴也且集衆賓藉酬令節不有佳作何伸雅懷祇以春服製成雨膏流厚將毋誌喜連聽小樓之春大好訂盟擬作平原之飲爰於月之十三日二十三日爲洗盞更酌之舉仿催花擊鼓之吟鬭七步與八叉甯

再衰而三竭是亭也潤含雲木聲雜風篁青獲護闗朱鳥窺牖亦復撲俗塵之斗彈新沐之冠大白堪浮衆緑如洗似開蔣徑訂益友於羊求疑顧草廬起高人於龍卧回憶内史領郡之日序暾三百餘字會集四十二人感觸斯文其後竟無再臨福地者先生此會至再至三始則到者二十一人繼到者二十五人再到者三十八人將所謂千萬廣廈盡歡顔乎抑豈合百六賢豪以爲掾耶雖然時至典午禊禮特隆束晳駁摯虞之談定典章於俄頃夏統侍賈充之宴歌忠憤而激昂卽如右軍垂簪舊林弭節殘局尺書慷慨阻殷浩之北征敝屣功

名憤王述之東鎮未嘗不開社倉而籌荒政濟民之策登冶城而進清談廢事之規乃侍郎風鶴屢驚屋烏靡託剩有新亭危坐覓夷吾對泣之人會當擊楫高歌陳士雅中流之誓不知者以爲南皮之好客其知者以爲北渚之愁余蓋運甓絕裾有恢復中原之日而刈禾取麥無綢繆未雨之人似此家居纖兒撞壞有誰安宅淨土皈依然而山靈有知河清可俟到門不俗曾無凡鳥之題求友孔殷且合鳴鶯之好登斯亭也南達藏海北倚補山止水盟心聽潮徹耳溆添蘆葦疑香山楓荻之天溝入浣花慰老杜柳蒲之感而且憑眺映竹林一帶

環繞擁日光諸峯彼七賢之遊振襟巳渺溯十年於此面壁奚爲勿以荆棘悲片石之荒勿以禾黍動故宮之詠逸少若作必將招輿公而共賦呼安石以同來謂彼別墅之閑未敢傲東山之躡屐天台之賦無足誇赤城之建標然則今者侍郎暨諸先生流連乎老帶莊襟馳騁乎廣譚虞筆豈少羯胡封末羅瓊枝玉樹於庭階了無絲竹管絃誇藉草坐花於金谷則此甲子三月之雅集非特喚東邊舊時之月且將薰南方解愠之風矣磨蝎亦嘗聞外子巽人之言曰吾宗淵明公自義熙年後以來有甲子集中之錄所慨蓬飛日永竹倚天寒探梅

非林和靖之家操管媿衛夫人之筆聞說三層樓上清風聽解帶之松祇宜三徑門前微雨撫就荒之菊按之吾家淵明公年譜歲在甲子爲景平二年延年厚贈二萬錢淵明初度六十歲其六十以前事蹟樂尋蓮社遊記斜川所往來者不過劉柴桑龐參軍戴主簿羊長史諸友先世籃輿酒送尚抱室無萊婦之嗟邇來紅雨津迷更難地有桃源之避即幸而王郎天壤詠絮能齊翟氏貧居種秔足慰而寫經既少臨池之處題扇弁乏紀事之橋又安敢踵逋仙於西湖續勝流於東晉侍郎襟披白袷幣聘素絲坐鎮湖山不阻風而中酒放觀濠濮

輒浴水而忘機昔者之蘭亭不期惠風今者之蘭亭且歌喜雨客有濡褏之子定騰豹飾之三英我將折柬遠公同答虎溪之三笑待卜驛亭競畫傳諸伶籠紗題壁之酣吟何時龍門一登仿遊女贈芍秉蘭之高會

周天翼

夫以風浴詠歸狂士抱隨時之志洛濱游宴雅人隆解褉之文蘇長公寺圃觀花鶯嬌柳韡夏仲御扁舟戲水緇躍鮮飛古人之勝日尋芳雙柑斗酒春宵買醉一刻千金良有以也況顥蒼之淑氣宜人煙景則陽春召我人生行樂耳而行樂當及時此菽莊先生所由作小蘭

亭展握蘭節而三修禊事也先生星垣斗宿海內詞宗本文學侍從之臣負台宰國華之望共賀春司鑒識特邀蘭省真除乃書獻賢能仰水月觀音之度而志安淡泊樂山中宰相之榮以屈宋作衙官交風月爲僚友而補山藏海壯麗我吟窩鷄嶼鷺門屏藩其筆仗莫放去春秋佳日賡樂事於年年最難忘翰墨因緣締詩盟於處處會當中元甲子暮春之初木筆初開蘭亭初啓賓筵初肆禊帖初繙酒仙挈詩伯偕來燕樂並鶯簧協奏是日倡者二十一人杯浮清洛之觴引池張樂字集右軍之序分席賦詩濟濟蹌蹌致足樂也惟是天際迎梅

雨多留客凍雲鬱其蘭砌香雪冪夫亭闌履著踏青泥絮偏濘屐齒珠看跳白雨花亂入舩唇直須沈醉東皇飲延十日待到晴酣南浦節居長春快拾墜歡展茲上巳重延高會畢至羣賢揭來好友如雲舊雨更聯新雨記取嘉賓式燕今朝覺勝前朝仿韻事於山陰暢幽情於水曲清酒共綠波一色羽觴將晴絮齊飛吾知此際之菽莊幾度宴胥滿園春色倘爲能言而花解語應哦社侶詩篇梅作客而柳窺人識拜先生杖履先生於此不亦興復不淺矣乎趁玉樓人醉之天迭共爽心開宴於金埒馬嘶之地相將射兔分朋此其春日遲遲與人

同樂益覺春光蕩蕩惠我無疆矣若夫廿四番風遞更花信蘭池清夏氣菊圃賞秋英凡諸美景循環都成歡會况是風光别我待餞餘春則醉杏酣桃期諸杪日而酌榴斟桂請俟他時祇今歡洽禊堂隱德上追林處士深願教承吟社詩情都付小蘭亭

葉繡葆

歲旃蒙赤奮若月在寎日加酉諸姑伯姊選勝桑谿相約爲湔裙之會不期而集者若而人峯巒迤邐水竹明瑟沿溪莎草如織時則斥堠烽銷天氣晴霽桑麻雞犬還我太平諸女伴挈榼操瓢藉草小飲因縱談禊事余

曰吁釁浴之典古矣湔裳酹酒實濫觴周禮之女巫李唐曲江改日詔展三月十三日則以公主出降故是上巳節固閨人韻事也自禊帖出而沿俗道令節者不曰湔裙而曰流觴女界減色多矣雖令暉賦茗道藴詠絮非無翰墨乃不能分晉賢一席何哉即以右軍書法論初亦學衛夫人已簪花之格筆陣之圖真蹟猶有存焉者乃評晉字者知有鍾王顧不知有衛夫人抑又何哉夫陽春召我以煙景大塊假我以文章及時行樂事過而感慨係焉者夫固無古無今無斂無弁無趣舍進退無貧富貴賤其俯仰懷抱一也又安見余輩今日之桑

溪不如永和九年之蘭亭哉抑余聞之近人林菽莊主人園林甲全廈去歲甲子於補山園止水閘上葺小蘭亭蓺竹位石一仍禊圖之舊引海流泛觴適於上巳日竣工主人喜曰吾得此亭足以傲逸少矣議治酒以落之因雨展十三二十三兩集賓客從者自二十五人達三十八人倡酬都爲一集録其所述以永陳跡以徵序於海內會稽故事花樣嶄然一新不亦韙哉余又聞主人嫺固工於詩者蕙香室外眉壽堂前草長鸎飛對兹勝景度亦有踏青隨意之作增光大集者否敢書近事以質菽莊主人即以弁之簡端何如

鄭觀

曠懷高致揚扢風雅古今之所尙異地之所同也曩客泗濱結吟社曰筌溪以地僻故得儔侶僅十九人乙卯三月禊飲於溶莊茂樹清泉相娛永日仿流觴乎曲水集禊帖以爲詩雖局促下邑有足慰羈孤之懷者丙辰以後朋從漸稀詠遊遂輟而余亦去泗右軍文云俛仰之間已成陳迹今一憶之能無興感哉蔽莊禊事之修亦始於乙卯其於蘭亭之集非古今一致歟其於溶莊之集非異地同情歟然吾儕泗濱之游固不逮夫蔽莊而蔽莊觴詠之樂且遠超乎蘭亭矣蓋自乙卯以至甲

子歲歲賡續於茲十年時之久也其惟菽莊乎名園補山而藏海竹樹蓊蔚築小蘭亭於止水閘上潮聲奔流足以盪滌襟抱地之勝也其惟菽莊乎浹旬之約至于再至于三分韻賦詩後先得八十有四人賓客之衆盛也其惟菽莊乎此不特吾儕之所未有卽右軍之蘭亭亦未曾得有此焉乃盛之盛者矣古於三月上旬之巳日臨水嬉娛褰裳祓濯魏晉以來則以三月三日爲令節無復泥乎巳日而名猶因之菽莊主人張高會於三旬作平原之十日不將於上巳而外復垂中巳下巳之典實乎況甲子遞衍循環無旣菽莊之樂亦永永無旣

也余不文敢進拙辭以壽之並詔泗濱舊侶各秉筆以紀實至斯亭之建則慨慕右軍之風流追步蘭亭之芳躅已耳安所謂小哉

王逸龕

逸聞閩中歸客抵掌而譚曰生不願爲紫薇郎但願一識林菽莊何令人之心折有如此者豈不以上巳之辰賡修禊之集使美哉亭榭燕飲以落之一小蘭亭而規模軒敞所謂茂林修竹之勝居然星羅棋布於其間叔莊既於壬秋而閣之甲子而亭之則蘆溆之旁有斯亭使亭峙止水閘上即其址焉逸南沙末儒江湖落拓卅

二膺鄉薦觀政薇垣四十騁浪游獻策蓮幕雖身歷海內外而宦槖蕭然欲彈鋏歸來遂初未賦則園亭之趣敢不傾動於叔莊哉叔莊名秩埒侍郎世變動遐想情眈漱石園拟補山地鄰浣花之溝岸通板橋之路又復以藏海名園以聽潮名樓使日光諸巖銜接一片今斯亭以左右有修篁之繚繞佳木之蔥蘢一經落成便稱傑構而今叔莊幸際三月祓禊之會安得不隨時愛景光敘豪情耶在昔周公成洛邑於逸詩爲羽觴隨波於三日爲流水泛酒鄭俗游溱洧集士女數十人相與贈芍秉菅采風沿習而右軍則於山陰蘭亭莫春修禊事

其間謝安石郗重熙孫綽魏滂之儔或以東山寄懷或以天台招隱逸飫聞其曲水流觴歎爲軼事今叔莊崛起蔚當代文豪酒豪於小蘭亭中適以陰雨浹旬而作十日一飲其流連觴詠樂更可知且蘭亭已矣誰彈古調迺一亭花木踵事增華再三號召筵開四座逸雖執鞭忻慕恐嶼阻鼓浪未遑追陪儻禊事重修不擇土壤惠我好音然後一葉扁舟乘月而往庶釣竿手把嘯傲於山水之間羅隱江東願附驥尾惟叔莊納之

翁仁同

菽莊名園蓬瀛勝境冠冕乾坤襟帶山海背鷺島而面

鷗波左金門而右圭嶼龍蟠虎踞陰陽相地勢之宜鳳舉鴻軒薈萃極人文之盛華居雲構藻采星馳臺池甲十郡之雄賓主盡一時之彥子鶴妻梅之華胄大雅輪扶吟風弄月之良儔芳蹤軫接歲時休暇會以爲常觴詠流連樂且無極高朋滿座孔北海之襟期寒士歡顏杜少陵之雅抱壬秋閣建游溯汯舟甲子亭成事承修禊時惟寎月令屬季春惠風暢而天氣清陰雨濛而人情暇紀芳時於上巳尋樂事於良辰瞻棟宇之方新追蘭亭之遺迹一般高爽上逼雲霄四望昭明下臨溟渤板橋蘆溆引潮汐之紆迴太武晃巖排岡巒之起伏披

繡幔倚雕欄稽山列其目前鏡水澄其胸次清流映帶茂林修竹之區遠勢回環峻嶺崇山之槪雲低雨濕瀾湧濤翻風帆挾沙鳥齊飛煙舫載遊人並至羣賢畢集足極視聽之娛少長咸來且敘情懷之暢豪遊未竟逸興旋生清風起而披襟當曲水盈而流觴引平原酒熟宜聯十日之歡沂水詠歸不爽再來之約薰沐具晉接頻啓三度之華筵斟三巡之雅爵仰觀俯察覺宇宙之無窮前規後隨信文章之有侶常縶維於我客欲突過於前人番風度而節序和舊雨來而神情洽登三數溢亮功虞陛之臣拔十才優繪象雲臺之將誠多多而益

善甯落落而寡儔嗚呼人各有心世方多事干戈未定樽俎誰陳評棋局於長安萬難著手聽酒歌於燕市更易傷心所幸君子見幾達人循分急流斯退特標清白之風隨遇而安不染卑汚之習拓名區以離垢表孤介而懷清濁世秕糠一時淨掃故園松菊晚節長存優遊歲月靡惟獨樂與懷宏獎風流猶是同人篤誼僕登龍未獲附驥已殷聞聲相思契高風之萬一及時行樂羨良會之再三悵修阻於關河託因緣於翰墨愧右軍之筆妙瀆學士之詞宗華札遙頒盥薇樂誦蕪箋疊貢報竹聊伸郢匠幸逢佇運斤之舉削巴人自笑竟奏曲而

無慚嗚呼金谷繁華玉津偉麗平泉花木洛社衣冠援古證今洵後先之媲美揚風扢雅萬華藻之紛披敢竭鄙誠藉塵清聽一篇賦就四韻詩呈有亭翼然淩蒼穹登臨吟嘯坐春風丹青未蕆美猶憾文醼迭開樂靡窮三旬三舉祓除事人傑地靈菁華萃積薪居上讓後來會稽山陰奚足異

謝鸞孫

客有難於菽莊主人曰觀書者得其大意飲酒者取乎微醺推之游觀之適宴會之歡亦何獨不然即蘇公有赤壁之後游劉郎有玄都之再至亦古人之偶然寄興

已耳若必積日累月至再至三縱一時風雅宜人無乃行古人之事反失古人之真乎主人曰不然時不再來陰尤當惜與其暫游而徒貽後悔何如盡興而不失當前故古人秉燭之游卜晝恆繼以卜夜留賓之雅永夕必兼乎永朝况當此祓禊之良辰正吾輩娱游之暇日盍且住以爲佳願少安而毋躁客瞿然曰君誠曠達我樂追隨幸蘭言之飽領俾茅塞之頓開今者季陽司令元巳追辰正好春光無邊佳景覺視聽之皆娱使胸襟之一暢舞雩歸詠想春風聯袂以成歡清洛偕游溯曲水流觴以行樂承東道之多情指西園而共醉於此而

猶觀望不前徘徊有待不幾令雅懷莫伸韶華虛度哉時則春酣花徑工竣蘭亭喜土木之落成供賓主以共適主人爰告客曰君亦知修禊之樂可暫行而亦可緩行乎昔右軍羅致羣賢聯成高會敘幽情於一日傳韻事於千秋然而時異事殊古今難以一轍草堂小築原當春日之偶成茅屋茍完猶恐秋風之易破境有待以優游時奚容於急遽飲留十日請諸君莫吝珠璣酒進一杯莫他日更聆金玉客聞其言歡然意適乃爲之歌曰羲之一去兮軌轍已陳菽莊繼起兮日月方新既有酒兮歡兮辰復訂期兮邀三旬祓除不祥兮游水濱開

瓊筵兮坐花茵調以高而仍和情以洽而彌親仿山陰之勝蹟步逸少之後塵及時行樂能如此莫謂今人遜古人

蘇廷權

在昔筵啓曲江杯浮南澗賡秉蕑之什詠采艾之詩賞春娛遊乃湔乃濯禊事之修亦久尚矣然未有若蘭亭之集之盛者後之人俯仰興懷莫不思一訪山陰之境以攬其勝庸非地以人傳耶故柳子厚曰蘭亭也不遭右軍則清湍修竹蕪沒於空山矣蔌莊主人心儀其盛因有小蘭亭之建甲子之春一觴一詠其視永和癸丑

三月三日若合一契焉方斯亭未築之先主人巳於乙卯暮春命儔歡侶蕩滌塵抱歲歲賡續以至於甲子而小蘭亭落成之日適逢上巳飛箋速客得二十一人相與歡飲於亭中雖形骸放浪未能卜夜以嬉而山水流連重訂兼旬之約於是中旬之集得二十有五人迨至下旬復得三十有八人諸賢後先戾止人各爲詩合之得詩八十四章風流韻事邁越古今矣夫以山陰之蘭亭未聞右軍之續遊也癸丑修禊所謂少長咸集者或云二十四人或云四十二人未可考其實而菽莊如雲賓友遊醼至於再三是則今之小蘭亭有過於昔日山

陰之勝夫豈徒後之視今猶今之視昔而已哉至若園亭景物吟嘯懽悰備載諸賢之詩篇可得而覽觀也故無俟贅述焉

陳熙坤

修禊雅會也晉王羲之及同時諸名輩於三月上巳日畢集蘭亭相與流觴曲水歌詠其事而羲之一序俯仰今古寄慨流連尤稱絶作惜千百年來風流歇絶無復能繼之者蔽莊主人作亭於補山園之蘆漵署曰小蘭亭蓋仿晉蘭亭而名之也亭成於甲子三月之三日爰舉修禊之事約時賢會飲將以繼美前人復兩展其期

爲三修禊樂矣於義不亦侈乎然予聞菽莊主人名高而志雅情閑而品逸非侈於自異者其拳拳而爲此夫豈無所得而然耶方今滄海横流求一日之安而不得士生其間必憂傷憔悴憤慨無聊以死已爲達者之所譏或更披髮入山佯狂垢汚託清流以自見又何苦而出此人生行樂耳計惟有望古遥集藉以娱悦歲時消遣世慮而已菽莊主人其有晉人曠達風乎不然蘭亭已矣遺蹟邱墟獨於千百年後希其流風餘韻偕我同人低徊留之不能去其心之所得者有在矣而豈以自侈哉况乎浣花聽潮日光太武諸名勝與夫修竹茂林

呈露亭之左右風景之美髣髴蘭亭宜其一觴一詠所以暢敘幽情者再三而未有已也考當日讌集於蘭亭者三十六人賦詩不成者有罰今小蘭亭之讌集亦仿是例前後至者亦數十人人各有詩而展期至再至三則當日之蘭亭所未有也世多疑古今人不相及今菽莊主人之所爲亦豈異於古所云耶則謂古蘭亭之清芬逸韻雖至今存焉可也余以僻在疏遠未獲躬親其盛因應其徵文之請而序之復作歌曰春風吹海潮聲起小蘭亭在煙花裏主人雅集值令辰臨流禊事相料理吟詩分韻鬬清新風流俱是永和人百年行樂知有

幾添展韶光到浹旬吁嗟天地正龍戰莽莽風雲倏幻變回首中原時事非湖山且喜開清讌才人韻事若相師入社年年春暮時青鞵布襪寧辭遠我欲婆娑曳杖隨

戴域廷

夫禊古禮也姬周卜洛莫春上巳羽觴隨波鄭毗于周俗於溱洧水次贈蘭采芍乘龢蠲潔以分丕祉至若春服既成沿沂風雩宣聖與之漢晉相沿遂爲故實永和癸丑盛會蘭亭文采彬彬千禩之下猶想見其流風餘韻也菽莊主人以烏衣貴胄感際滄桑海澨偕隱肥遯

鳴高歲癸丑闢地鷺江之東鼓浪嶼之陽就山之形勢高下築爲園二曰補山曰藏海統名之曰菽莊水木明瑟棟宇清華主人棲遲其間翛然塵表優遊自得觴詠不輟韻事遂多嘉話流傳炙於人口先是年逢重三例修禊事十載於兹甲子孟陬乃於補山園之蘆溆止水閘上茂林修竹深處翼以一亭曲水縈環崇山屏蔽嘉名肇錫曰小蘭亭儗于會稽何多讓焉粤以三月三日落成命儔嘯侶分席流觴修禊其中憑闌四望則島嶼羅列如拱北辰靈海含虛浮天無岸時也新桐初引羣鶯亂飛幽篠靚妝深林如沐俯仰今古視聽足娱列坐

其次共二十一人爰拈右軍禊帖中二十一字分韻賦詩以紀雅集酒酣主人起而屬客曰好雨慳晴春光難買亭新掓建而髹飾未加今日之遊諸慚草創請更約月之十三日二十三日作再三修禊流連觴詠韻事續賡亦古人愛惜光景及時行樂之意僉曰可於是十三日再集小蘭亭重修禊事視初集增四人二十三日三集於此視再集又增十四人洎乎羣賢戾止華筵既張靡不蜚英馳藻更倡迭和侈舉備陳以爲歡笑然太武日光諸峯排闥送青爽氣撲人眉宇浣花溝水隨潮汐上下可引爲流觴曲水好鳥鳴春清風嘯竹仰觀俯察

遊目騁懷洵足怡悅心志至若冠蓋盈盈人物之盛再集超乎初集而三集又超乎再集固覺後來居上雖古人亦不得專美於前主人顧而樂之復徵文海內不佞闃風景仰廁坐無從徒深天際真人之想竊以爲曩者三九觀潮雅集座客恰得八十一人符九九之數觸類引伸佳會雅遊正方興未艾若壬戌七月既望鷺江泛月及今兹小蘭亭三修禊皆特其一斑耳

張以忠

夫班春布令東皇染春國之花解禊臨池西苑譜禊堂之帖是以童冠暢懷乎風浴主臣飲餞於樂遊趁勝日

以尋芳宜及時而行樂拾得榆錢滿地買將九十風光牽來柳線盈條綰取重三景物感浮生兮若夢知盛會以何常一刻千金古人所爲三致意焉者蓋有念於柳之三起翠縷垂陰蠶且三眠新絲作繭物猶致用人豈忘情況稽嘉會於山陰記永和之歲月右軍一序千古大文文獻足徵古歡若接此菽莊小蘭亭三修禊之所自仿也原夫禊者祓也潔也以先生蘭臺峻望蘭省清才寸抱春和分陰寶護修己則日勤三省讀書則時重三餘而浴德澡身則三薰而三釁若三修禊事殆鼓樂天之天與而努力愛此春華乎爰於甲子陬月作小蘭

亭於補山園中賡樂事於十年展芳辰於三月對此桃天李豔日麗風和燕蹴飛花落舞筵而似錦鶯鳴碧樹出幽谷以求聲香馥郁於蘭墀景光華於蕙路恰待飛英會啓忻逢拾翠人來裙屐翩翩過禊潭而濯纓濯足威儀秩秩開春醼而鼓瑟鼓琴我有喜賓致足樂也無何天意迎梅人酣醉杏雨偏鳩喚風似虎狂寒鬱浹旬幾敢看花之興飲延十日重教折簡相邀果爾節屆長春晴烘大地開徑望三益記初筵北海之賓浮杯興十旬期再會東堂之飲彌幸墜歡能續幽賞孔多飲清酒以百壺澆盡胸中壘塊讀奇文兮一卷撲開面上俗塵

惟是花事將闌好春欲暮不有佳作何伸雅懷有酒盈尊爲問爾詩腸滌未狂花滿屋請放開醉眼觀之試爲記取芳時展茲上巳報到三撾羯鼓園花看紫姹紅嫣風流三接令公社侶等龍蟠鳳逸所望指揮詩戰捭闔酒兵槍旗舞而大敵降筆陣排而錦標奪騁元龍之豪氣一洗儒酸縱黃馬之劇談爲懽座客則且向龍橋祈福賞韶景于三春相將兕斝介眉效洞仙而三醉況當此聽鸝度曲真如懷我好音記幾經式燕稱觥固應酬君盛意試把花生木筆揮成大塊之文章漫云序仿蘭亭寫出無邊之風月

張穀臣

菽莊廈門勝地也菽莊之中水石清幽花木參差望之迤邐而曲折者補山園也有亭翼然臨於園中蘆溆止水閘上者小蘭亭也凝眸遠眺第見夫浣花溝中晴漪瀲灩海潮生也聽潮樓外韶光旖旎羣花放也又見夫南太武日光巖諸峯煙雲縹緲或隱或現天然風景一一呈諸几席之上也此地有茂林修竹又有清流激湍映帶左右與晉之蘭亭無異也菽莊主人仿羲之故事因與吟儔嘯侶修禊於此也以其時考之則民國十三年甲子三月也浹旬陰雨丹䨼未施復與客訂重遊之

約仿平原十日之飲也其修褉於月之三日也天桃含笑弱柳纔勻洵可樂也其修褉於月之十三也萬紫千紅春光大好更可樂也其修褉於月之廿三也殘紅遍墮衆綠齊生又可樂也一觴一詠亦足以暢敘幽情嘉肴旨酒雜然而前陳者主人宴也醒者歌醉者舞觥籌交錯坐起而諠譁者衆賓懽也百鳥爭鳴如和賓主之吟詠也仰觀宇宙之大俯察品類之盛美景良辰幾番留戀與義之修褉蘭亭其地雖殊其樂則一也嗟乎今日之時何時乎烽火倉皇神州岌岌此正可憂可懼之時也然憂之何補懼之無益轉不如流連詩酒及時以

行樂也撫景怡情得樂且樂主人既樂其所樂而賓客亦能同其樂雖以小蘭亭作桃花源觀可也主人謂誰叔臧林侍郎也

沈紹韓

羊叔子云不如意事常八九是知境之可樂者恆少惟須自尋樂境然後心曠神怡超然於萬物之外庶不致抑鬱無聊終其身爲憂患中人如賈長沙之痛哭流涕蓋吾人處此干戈擾攘之時宜置理亂於不聞何則世不用我我又何必求用於世苟能樂己之樂順吾天而養吾志雖斗室琴書陋巷簞瓢亦足樂也而況乎值風

日之良辰得林泉之真趣哉王右軍修禊蘭亭一觴一詠亦足以暢敘幽情蓋由於其志超其所見遠也不然蘭亭風景流連者不一其人何右軍獨名垂千古乎是知落帽龍山誦詩牛渚無非地以人傳耳今菽莊先生於甲子三月修禊於小蘭亭挹蘆溆之風光聽板橋之潮信其所以再三留戀者非徒愛惜光景也蓋適得時行物生之妙趣日暖風和春光駘蕩水流花放生意盎然其胸中本有優游自得之樂不過藉目前所遇之境聊以抒我懷抱而已春服既成偕童冠而浴乎沂此聖人所以有吾與點也之嘆也奈何世之患得患失者雖

處鼎食鐘鳴之境尚慮其不足一但置身於幽僻之鄉託足於清涼之界當不知若何感歎若何懊喪也即席聯吟開樽覓醉撫景低徊樂此不疲先生其今日之右軍乎雖以小蘭亭作晉之蘭亭觀焉可也

黄賡恩

昔李白作惜餘春賦無非謂陽春煙景大塊文章不可不珍重而愛惜也千紅萬紫一刻千金大好風光何容虚度此謫仙所以開筵坐花飛觴醉月流連於桃李園中而低徊不能去也夫人生墮地即哭則可憂者恆多而可樂者恆少況冬盡春來循環無已時而人之年華

一去不返髮之白者不可復黑顏之蒼者不可復朱設使閉門枯坐未免使羲之笑人也蔬莊先生知年華之易逝而好景之難留也迺於甲子三月仿永和故事三修禊於小蘭亭一觴一詠盤桓不已非好爲宴遊也亦以美景良辰稍縱卽逝宜及時以行樂耳故始則修禊於月之三日也鳩工告竣所以誌落成之喜也繼則修禊於月之十三也丹雘既施所以賞輪奐之美也終則修禊於月之廿三也華筵廣啓所以極文宴之樂也嗟乎風鶴連天沙蟲遍地武功競尚文化云遥騷壇韻事久已付諸流水誰復陶情詩酒而迭相唱和乎惟先生

則別有會心愛才如命盈門聚嘉客三千把盞愛春光九十撫景怡情再三尋樂覽遍板橋柳色喜倦眼之常開聽殘蘆溆潮聲覺塵襟之盡滌續右軍九年之游約平原十日之飲避秦而住桃源不知有漢無論魏晉幾度聯吟連番覓醉以視古人三醉岳陽樓三過平山堂何多讓乎時不再來得樂且樂余亦將仿先生之韻事攜竹西詞客修禊於小紅橋而不辭煩數矣

張嘉樹

凡物皆有可觀苟有可觀皆有可樂士生於世使其中不自得將何往而非病使其中坦然不以物傷性將何

杯盤狼藉酒方酣客有起而問曰昔宋神宗嘉祐二年是日命契丹使觀金明池水嬉遂賜宴瓊林苑主人毋乃有感主人答曰否水嬉非禮惡足介懷客曰宋孝宗隆興二年是日德壽宮康壽殿生芝草十有二莖上與宰臣設宴賦詩主人偶憶及乎主人曰附會祥瑞宋人陋習不足取也客曰唐會昌五年是日白居易於東都履道坊合七老尚齒會七人共五百七十歲後又有二老年貌絕倫同歸故鄉亦來相繼與會各賦詩以紀事主人曾念及否主人曰今座上諸嘉賓非皆老者也義固無取乎尚齒客曰昔宋神宗熙甯五年蘇軾客杭州

會於是日從太守沈公觀牡丹於吉祥寺僧守璘之圃其花千本酒醉樂作州人大集金盤綵籃以獻于坐者五十三人自輿臺皂隸皆插花以從觀者數萬主人平日深慕髯公想亦有觸於中乎主人曰東坡雅人自有深致何敢企及但僕今兹之會非爲插花也客曰然則主人之心可得而知矣蘭亭逸事步諸上巳中旬三日曾繼續之今爲下旬三日正不妨作第三上巳觀果爾則爲三修禊也明甚吾觀莪莊勝景遠過蘭亭主人風標不讓右軍蘭亭之賓不過一郭之英俊主人之賓萃及環球之碩彦故右軍修禊一而已足主人修禊非至

再至三曷克以暢敘幽情是則以三修禊擴充蘭亭逸興右軍有知應亦許爲善繼志述事者也主人聞客言仰天大笑余適夢遊至此見主客一堂相得甚懽爲誦白居易是日之詩詩曰除却三山五天竺人間此會更應無誦聲頗劇家人喚而醒余竊喜曰身非謫仙竟得飛渡江湖直向鼓浪嶼中默參盛會亦千古奇事也遂筆而述之併挽友人繕寫一紙函以質之菽莊主人焉

黄乃鼎

甚矣哉文人之夸麗也一字可以賭千金呂覽是已一語可以衒千古世說是已至於一視一聽之娛一名一

物之細一書一畫之激獎一觴一詠之流連皆足以突過前人歆動後世使詞林侈爲美談藝苑襲爲故事若是者指不勝僂也然亦恃有名家之文與名人之筆爲之絢壯采而緜生氣耳不然一飲一食知味者皆可傳也何必段柯古之單一草一木知名者皆可傳也何必李贊皇之記哉且世有坐論廟堂而越世不知其姓氏怡神邱壑而殊方亦慕其風流偉績豐功震耀一世論者乃置而不談閒情致暢適一時聞者乃談之不置豈其性情有偏近嗜好有各殊故有傳有不傳亦有幸有不幸矣菽莊林子抱經世之才具匡時之略不慕名利

息影林泉於甲子三月修褉於小蘭亭巧值落成之日浹旬陰雨遂爲展褉之舉至再至三徵文海內以廣流傳誠曠典也此亭築於補山園內前有修竹右有茂林激鳴湍之清漪喜春光之明媚此登賞之地也三選七遷之英流九墨八儒之碩彥羣英高會千載一時此賓客之選也仲宣抽毫相如侔色流連景光原始事物奉劍之義折摯虞之小生彈琴之敘同昌黎之太學此詞翰之美也蓋自永和癸丑之後迄今千數百年若輿公南澗子範家園庾信華林元長曲水雖觴詠間作風流未窮緜祀過千斯賢倍百或郊島孤賞無與聲明或川

岳分光侈言諛導豈若際潤色鴻業之盛萃雜襲魚鱗之才拈字賦詩展期覓句追餘萌於榮葩想新波於盛流陶陶然忘其爲主爲賓落落然不知視今視昔也讀陳子昂詩前不見古人後不見來者念天地之悠悠獨愴然而涕下之句吾於菽莊之三修禊不禁感慨係之矣

張受生

地以人傳乎人以地傳乎曰地以人傳耳自來騷人逸士懷才不遇往往嘯傲詠歌足爲山川生色試觀淵明之歸栗里摩詰之伍輞川杜子美之築浣花草堂雖人

往風徽而後之過其地者猶斤斤然稱道不衰豈獨羲之修褉蘭亭足以流傳千古哉菽莊主人天懷瀟灑雅度風流寄跡林泉不屑與時流爲伍爰於甲子三月三日挈吟儔攜嘯侶修褉於補山園中之小蘭亭一觴一詠仿蘭亭之雅集洵樂事也繼因浹旬陰雨丹雘未施復與同人訂重來之約迭效平原十日之飲噫此地有茂林修竹依然曲水春光其人皆詩虎文龍疑集蓬萊仙侶餘興未倦雅什重賡修褉復修褉其樂不且甚於癸丑三月乎夫歲月無多轉瞬卽逝人生毋自苦宜及時而行樂終日鬱鬱何爲也古之人重陽改爲十九上

巳改爲十三無非愛惜韶光不敢浪擲耳嗟乎今何時乎正干戈擾攘之時也莽莽中原不知鹿死誰手吾人處此世界幾如釜魚幕燕朝不慮夕與其痛哭流涕空抱杞人之憂何如徜徉泉石流連詩酒之爲愈乎先生超然物外不爲投筆之班超而爲作序之逸少把酒賦詩再三留戀桃花源中別有天地此情此景較之辛酉九月之聯雅集壬戌七月之泛鷺江而更樂也緬懷高風吾人當鑄金事之矣

黄蓬仙

在昔典午中移啓江東之雲岫瑯琊南徙持吳會之風

流山林之祕競呈觴詠之情咸盛雖悟老易之旨猶切彭殤之悲豈非神州不復易與陸沈之歎中年已往莫釋哀樂之懷鍾情既深發筆斯暢是以林表孤亭結山陰之幽契定武片石傳永和之逸軌矣菽莊林子以甲子三月三修禊於小蘭亭撫今追昔賡唱迭和嘉賓在坐游情共馳再揚曲水之波展修莫春之禊浴沂溯典依然猶是春風采蘭賦詩其實本非溱水是時陰雨未霽白雲當空烏蟾易馳苕苓展約遠盛東堂之宴不殊南澗之歡迴溪接步緬陳跡於古人行樂及時屬高情於天表夫倦心既往者撫韶景而亦悲撰志詠歸者臨

佳節而彌適則今玆之會雖未足侈浮醴之舊觀猶可爲流觴之盛事也已是會三日各若干人得詩各若干首主人葭莊林公屬余爲弁其首云

康筠庵

客有從鷺江來者袖一圖以示余曰此林侍郎修禊處也且侍郎嘗以此徵文矣盍爲之序余不文本不敢率爾操觚然夙耳侍郎之名心焉嚮往不揣效顰執筆以從諸公後今之所謂富貴而豪華者非不極園林之勝賓客之多而其所徵逐者不過酒食游戲與夫歌舞聲技之場苟以博一日之歡娛而誇耀於閭里之小夫則

可矣其人蓋不足道也間有名公鉅卿假詩文以自重亦惟結二三吟侶觴詠於一山一水之間其所與交游而唱和者類不出一鄉一邑之士不旋踵而風流頓歇矣以視林公主持風雅延攬名流復走牋海內博采繁徵俾天下騷人墨士皆將盡入其彀中其於爲人器量之廣狹何如也林公以勝朝遺老結屋幽棲其樓曰聽潮其園曰補山曰藏海皆環以奇峯帶以流水間以修竹茂林又於菽莊之中仿右軍修禊故事而作小蘭亭皆天然奇境也竊意菽莊之經始以癸丑歲者取地闢於丑之義也亭作於甲子陬月者取天開於子之義也修

禊之事至再至三其日又皆訂以三者三爲陽數則有取三陽開泰之義也而林公於此尤有深意焉按修禊二字註家謂爲三月上巳之辰袚除不祥而作夫天下莫祥於陰消陽長莫不祥於陰長陽消茲者中原無一乾淨土水旱疾疫兵革薱苻相連屬何地蔑有而搢紳大夫未知浴德洗心弭災消患方且爭權攘利促成禍機下毒民生上干天怒陰霾四翳幾無復有一綫陽光照臨宇內林公之三修禊者於及時行樂之中寓抑陰扶陽之意先天元陽務使長留此亭釀爲惠風和暢後天濁陰務使不侵此亭乃能天朗氣清蒞斯莊也登斯

亭也雲影波光過眼皆成幻事春花野鳥觸景盡屬文章而因寄所託欣於所遇怡情悅性脫略形骸若漆園之寓言若桃源之樂境若海上之三神山覺紛紛名利之場至此皆相忘於無何有矣以是召祥和之氣而除去不祥之氣直時時作修禊觀可也豈但三焉而已哉余高林公之所爲因序其事而爲之歌曰鼓浪嶼中有樂所幽人之宮得安處海潮經入浣花溝泉可挹兮醪可賁有時挈客過板橋聽潮樓下相與語有時晚眺尚憑欄太武峯頭鐘幾杵劫灰半壁夕陽斜回首前朝已禾黍日下江河多濁流爭名奪利誰堪侶我所愛兮菽

之莊無不足兮安所埊天開勝境置遺逸鬼神呵護馳不祥野馬塵埃皆辟易安問狐狸與豺狼君不見海山蒼蒼海水茫茫我來此地獨平康雅人深致神仙福安排椀茗與爐香但得風浴如曾點何必放蕩學楚狂蔵莊之樂樂無央膏吾車兮秣吾馬請從於蔵莊兮終吾生以徜徉。

朱家駒 奉賢　陳鉅前 福州　邱中基 福州
陳謙撝 福州　江　桐 福州　沈則琦 寶應
周心翼 揚州　沈賢襄 寶應　葉大瑄 福州
厲鼎芬 揚州　陶磨蝎 江蘇　周天翼 揚州
葉繡葆 福州　鄭　觀 揚州　王逸龕 北京
翁仁同 福州　謝鸞孫 丹徒　蘇廷權 揚州
陳熙坤 湖北　戴域廷 揚州　張以忠 揚州
張縠臣 揚州　沈紹韓 寶應　黃賡恩 邳縣
張嘉樹 揚州　應松友 仙居　黃乃鼎 揚州
張受生 江都　黃蓬仙 揚州　康筠庵 福清

林孝穎 福州　黃蔭坡 邳州　袁力傳 東臺
黃明叔 揚州　劉憲清 揚州　翁綺銘 閩縣
邵佛舲 高郵　朱粥叟 奉賢　趙倬雲 丹徒
陳佶齋 福州　陶選卿 南京　翁仁同 閩侯
鄭江南道人 漳州　周筠坡 揚州　唐屺瞻 揚州
翁仁同 閩侯　邱林芳 福州　陳元肅 揚州
閔毓珍 鎮江　魏道恆 閩侯　方六皆 江都
葉麗春 江都　李長康 淮安　朱文柄 嘉興
仲　英 揚州　張震球 揚州　徐　烺 揚州
顧璧玖 淮安　陳彥卓 福州　胡士廉 泰縣

陳文甫 淮安　趙瀾如 揚州　巴澤惠 江蘇
劉承繼 江蘇　周大鵬 揚州　林孝曾 福州
季鳳書 淮安　王潤生 江都　季逢元 淮安
林樹源 莆田　杜　唐 惠安　方長吉 江都
方勉誠 江都　石渠後人 漳州　高　超 揚州
章婉芬 揚州　刁起鳳 鹽城　高憲安 江都
孫祖康 揚州　陳爾謙 江都　馮褚衛 江都
魏道豫 福州　謝鳳娥 揚州　曹遐齡 淮安
翁仁同 福州　盧雨公 江都　程蔚君 淮安
吳承烜 江蘇　洪翼昇 湖北　沈善濟 揚州

馬寶明 淮安　林灝觀 福州　包引之 揚州
黃　鼐 揚州　陳元熙 揚州　閔金禾 鎮江
杜鴻秋 揚州　鄭星駟 福州　陳慎安 徽州
鮑桂蓀 泰縣　謝蓉昌 丹徒　吳清麗 歙縣
陶秀夫 江甯　方澤久 定遠　盧槐蔭 江都
陳忠烺 惠安　陶巽人 南京　陳穎悟 揚州
何遯盦 揚州　陳公輔 揚州　黃昌鼐 揚州
金　康 揚州　秦大鏞 泰縣　凌之儼 江都
陶隆偉 江甯　方懋恭 江都　黃鍾英 揚州
黃君博 揚州　程芳汀 滁州　尹圖南 淮安

第一名至第十名各贈書券銀二十員古今文字通釋一部菽莊影片一份菽莊小蘭亭徵文錄五冊第十一名至第三十名各贈書券銀十員古今文字通釋一部菽莊影片一份菽莊小蘭亭徵文錄五冊第三十一名至第一百二十名各贈古今文字通釋一部菽莊影片一份菽莊小蘭亭徵文錄五冊以上贈品希將勘合逕寄厦門鼓浪嶼菽莊吟社支領其餘四百名各贈菽莊影片一份菽莊小蘭亭徵文錄二冊菽莊小蘭亭徵文錄先寄菽莊影片續寄原卷恕不奉還

壬戌七月既望鷺江泛月賦選

壬戌七月徵賦承海內諸君子惠以鴻篇正擬盥薇諷誦適逢沿海變亂各郡相繼騷然社侶既散唫聲亦輟回首秋江一葉有如天上所有先後收到諸作襲什珍藏以致稽延經歲叠勞函問甲子暮春始獲集社侶從事披讀宏篇鉅製滿目琳琅謹畧分次第并錄甲選付諸排印爰書數語以答來訊藉致歉忱

甲子端午菽莊主人林爾嘉識

壬戌七月既望鷺江泛月賦 幷序

沈則沆 紹李

閩南鼓浪嶼有菽莊焉爲林侍郎避世之僊居餐霞之別館也冠日冕月襟山帶海韓琦晝錦之堂郭進筒瓦之第由今以觀殆無以過海上諸景納於一莊莊中諸勝集於一閣閣之成也適丁壬戌榜其閣曰壬秋蓋於是秋七月望日以落之也積陰浹旬斯夕新霽主賓九人泛月鷺江覽鄭延平之故壘追蘇長公之勝遊又何其時境之相彷彿邪侍郎擁眞棲於海山擴陳遨於紘酌走牋海內召爲文章淮上野人自忘疏廢乃抽毫命牘作爲斯賦其辭曰

歲次壬戌七月既望菽莊主人築閣既成燕飲以落之泛月鷺江適後宋元豐間蘇子瞻赤壁之遊蓋八百年於茲矣天地孤舟古今片月勝賞再逢古歡未歇秋心警於一簫春夢醒以三禨海山蒼兮鏡影寒天水碧兮棹謳發清風無恙曾經飄黃州江上之鬢皓魄欲流正宜晞青舫酒邊之髮披錦袍之在身搦晶丸而映骨景矚蓬壺氣吞溟渤雲漢無涯神仙有窟觀此日瓊樓玉宇自覺高寒思當年鐵板銅琶如聞清越主人曰閣成而榜閣以成閣之

歲故曰壬秋也其築閣之地居眉壽堂之東觀釣臺之左而下枕濟流也夫以閣也者朱戶既歛金缸欲浮上煙螺於書幌下 冰蜍於酒甌非登高寄慨仲宣之樓也非納涼遇雨子美之溝也樊重十重之房不若是爽挹雲留也楊雄一區之宅不若是虹接煙收也一窗萬象千里雙眸鴛瓦飄兮龍晴靄螭柱聳兮凌滄洲凡蘭楣芝桷者延秀支幽將以脫滕王之畫本寫風日之悠悠而峰青江白洽然悟南華不繫之舟當其主人燕嘉賓於閣成之夕也新涼乍流宿雨初霽漉醞酴於陶潛之巾濯沆瀣於浮邱之袂記上樑兮文存爭題壁兮句麗昔之米老騰海岳之英光今有倪迂樹雲林之清第天際鶴語似帶商音海上鷗心別生妙契於是賓主九人相與放舟於千波亭外月到風來橋奔堵逝一舸如葉雙槳擊桂臥石印平斷崖劍銳掠鷁首於中流招鹿耳而遙騶帶宿醉兮小冠欹貯新詩兮大瓢曳論英雄於草木殉以閒愁撫風月於河山眷焉遐睇嗟嗟地也人也有足使後之人遊斯地者而不能無異代之感往往有覽古之觸焉觀夫日光嚴寂水操臺夷殘壘無次驚沙自吹慨藤牌之驕子爭枯局於孤棋神牒銷煙末明代二王之路胡笳咽雨等楚詞四起之時噫此鄭延平

昔日屯軍之地而今之菽莊主人憑弔而踟躕者也且以銅山之墟蔓莊蘺矣金門之浦莽燕茨矣白石無語兮而烏沙明龍蛇疑矣草山空碧兮而浯嶼横旌旗移矣而斯江也潮信足弄水輭堪嬉而斯月也淸質在抱澄輝生姿而斯賓斯主也欣於所遇醉邪知誰感銷沈於寒鋏納悲忻於盧巵笑東坡前後之游地其誤矣慕南粤山川之美我欲從之追鷺江之泛既罷月已逾午客復引去而主人亦舍舟歸矣萬籟沈夕一丸耿霄臺榭炫其銀色花木振以金飆極九十九樓之目指四十四橋之腰拋黑甜之塵夢倚靑空之泬寥所覺景隨境異意與天遼曾經滄海如此良宵瀉罷金尊醉碧川之遠客鐫來鐵筆傳玉局之淸標别營避世仙居庭陰似水趁縱譚瀛豪氣詩思如潮僕也揚州寄客石城故僚歲月虛牝煙雲弄嘲鼓嶼重陽曾神往黄菊酒杯以外氐州一曲猶心隨碧山帆影而遥今則秋槎再問月鑑重邀一俯仰兮皆陳蹟四躊躇兮破無聊覺會心之不遠使俗慮而咸消又何待松洲桐灘學張櫂嚴竿爲喻且就此鸞瀛蟾夜續曉仙水客之謠

前題 有序

蟄廬主人

僕閉門獨坐饋歲無憀影戢蝸廬神游鷺島忽得山公啟事情娩瓊琚如聞澥客譚瀛手披圖畫敗幽居騷興夢魂驚四野烽煙哦名輩佳章咳唾落九天珠玉寓公灑落平吞雲夢胸襟海宇流傳提倡晉安風雅神交殆徧訂吟侶於三生韻事堪尋敘勝游於七月舟中人得諸想像飄飄皆李郭仙姿名下士樂與唱酬哀哀盡鄒枚賦手過雷門而持布鼓自覺聲喑探月府而泛木槎倘容緣續漫道引商刻羽曲調漸入清高翻嘲抛玉得甎主人所求顛倒

客有難於蘐莊主人曰乾坤丁茲浩刼兮撫四序而皆秋三光失其朗曜兮陰霾瀰滿乎九州河山破碎而不完兮縣一所之净邱世用夷而變夏兮奚正朔之是求哀狂瀾於既倒兮欲濟川而無舟宜向中流而擊楫兮遑泮奐以優游主人曰否否君我得氣之秋理亂於心何有簪紱不縈懷斧柯無假手良時且莫抛過清福宜知消受慕曲水流觴逸事猶傳癸丑也仿龍山落帽雅集方成辛酉也不殊風景楚囚相對奚爲自愛年光漢臘猶存可守煙波兮四望動五湖范蠡之情風月兮雙清步赤壁東坡之後客瞿然曰君誠逸士我亦幸民濟

言如睍鬱抱頓伸兮著露曰如練月圓於輪樓臺以外眺覽無垠敢煩湖山爲東道好結雲水之比隣非乘一葉扁舟終違逸興未買十千美酒徒負嘉辰俛仰隨緣擬同訪蹁蹮道士咄嗟立致倘能爲倉卒主人維時傑閣歲工壬秋著額天亦放晴主方好客登觀釣之臺俯杭流之石兩岸潮平四山月白傳喚篙師招邀歡伯紀同游者九人望斷崖兮千尺風微恰好吹襟浪靜無須挂席忘滄海之波濤儼神仙之窟宅睹冥鴻之高飛感白駒之過隙不禁因勝地而慕前人發幽情而談往迹主人告客曰昔蘇子有懷曹孟德而吾儕因念鄭成功此當年之舊壘亦一代之雄風率子弟而習籐牌王濬之樓船何多讓棄諸生而焚衣盾田横之海島將毋同設其偏師而興鷺嶼一鼓而搗燕宮縱快心於俄頃總瞥眼之虛空曷若此氣貫虹霓遺蹤可數更令人心懷古昔幽憤無窮是則榮華者俄而蕭抑塞者久必充鴻雪留痕容無紀某年壬戌鷗波挈伴安知非曩日元豐客曰良宵將闌佳會欲散請爲之歌可乎歌曰海山蒼蒼兮海水茫茫天開福地兮睍菽莊乘長風兮一葦杭溯洄從兮水中央前盧駱兮後王楊攬古今兮隨君狂凌瀟湘兮駕滄浪氣横秋兮星斗芒海嶽攪句兮月勸

觴舒長嘯兮樂徜徉歸乘餘興兮箏以張賡續騷盟兮徧四方管他人事兮換滄桑藏海園兮集庋藏

前題 仿謝惠連雪賦體

問琴閣 姑蘇

玉露降金飆涼寒濤捲素月揚養晦先生蒞于菽莊廼飛吟牋置紅友延遯翁挈聱叟園通居士瞠乎在後俄而橫碧落湧金波先生乃動踏月之遊興發臨風之浩歌屬意於翰墨主人曰盛會難再好景無多如此良夜不樂云何居士於是投袂而起執爵而前曰僕聞南樓賞於庾亮采石捉於謫仙嘉客言歡於永夕幽人散步於涼天洞庭以設宴張樂湓浦以送別停船折柳則弄月於玉笛坐花則醉月於瓊筵遊之樂樂且無涯兮請結其緣若乃雨乍霽月初升寒先集顥氣凝盤轉玉輪湧冰瓊樓不夜銀漢如繩得少佳趣勃然而興於是葡萄載酒木蘭泛舟醅浮綠螘浪狎白鷗歲壬戌而再紀繼赤壁而重遊其爲狀也嶼對金雞洲環白鷺鹿耳舊礁龍頭古渡星嶼雲封晃巖日暮聽鼓浪而盪心望操臺而卻步初放掉於中流旋廻帆於歸路既江山之不改亦風月以如故乘興則結隊偕行倦遊則爲佳小住

於是擊鼓傳杯抽毫擘紙麗句投囊華筵敞綺促膝談心清謳悅耳有約俱來不疲樂此若廼園名藏海閣號王秋高聳若飛龍九十九危樓爾其閒低北水樓小聽潮排列若長虹四十四石橋至夫瘦削枕流之石清虛度月之亭馥郁蕙香之室玲瓏壽菊之屏倘顧名而思義信人傑而地靈若乃慕前賢之芳躅覺後游之可續歌有藉乎扣舷遊無煩乎秉燭極曠覽之深情愛清高之絕俗挹西來之爽氣奏南飛之曲每憑弔於古人常澹然而自足遯翁聞之起而有詞願呈末技再抽秘思於是乃作而爲翫月之歌歌曰物已換兮星又移緬往事兮猶可追月何分兮今與古解行樂兮須及時又續而爲泛月之歌歌曰歌一曲兮酒三巡伸雅集兮娛嘉賓水無波而可掬月對影而相親感華年之易逝欣斯會之萃眞君倘念髯蘇之豪興盍起步於後塵歌畢先生廼撫今思古卽景生情顧謂聱叟乃歌再賡亂曰秋江之水水逾清兮秋天之月月倍明兮以遨以遊大快生平廣寒宮如逢其盛霓裳舞如聞其聲新詩可詠濁酒可傾琉璃世界咫尺蓬瀛一塵不染萬念不生作天外想在鏡中行

前題 并序

周天翼

僕人是楚狂寓流邦曲客中無俚歲月其徂驚夢覺卅餘年盡腰纏十萬貫憶洞庭之秋月千里嬋娟泝濤浪於曲江數行鷗鷺旋思挾潮聲而遠詩情落夕照之中對酒當歌抱壯心兮猶未已問天搔首覺高處兮不勝寒世路茫茫予懷渺渺故時或瘦西湖畔泛波以滌我塵襟平遠樓頭倚笛而横吹秋思念鵬摶之莫及期振鷺以何時不亦傎乎良可笑矣所幸二分長在多邀月姊之情竊慙一賦應徵久禿江郎之筆昨者奉 菽莊社主題紙遙頒傳幽賞于芳辰仿勝遊於蘇子遄飛逸興示我周行賦就長篇敢辭獻拙詞曰

浩浩乎兼天浪涌一碧無涯水光璧練帆影流霞虹垂斷岸雁落平沙燈明蘆荻笛韻蒹葭詩情畫意古樹寒鴉使人有濠濮間想而以煙水爲家况復清秋澄霽流雲吐華鷺飛兮芳洲上下江曲兮夕照横斜漾漣漪而濯明月將泛乎仙客之靈槎則有和靖先生海濱逸處闢藏海園居鼓浪嶼吟社標題菽莊別墅薈萃酒儔盤桓詩侶開三九集之大觀訂八一人之譜序拜石譚瀛環生抄緒或晚對釣臺或聽潮蘆溆或渡月於四十四橋乍停琴而延佇

或觀濤於九十九樓明泛舟乎江渚時當壬戌之秋七月既望洗缽雨晴東山月上雞嶼翠凝鴨頭青漲良夜徘徊吟懷跌宕先生廼荷詩囊乘畫舫偕四五之嘉賓沽十千之美釀趁五兩之輕颸櫂雙槳而盪漾看水鳥兮驚飛聽漁歌兮晚唱乃挾壯志以飈騰殊觸幽情之惆悵慨世之利鎖名韁抗塵容而走俗狀等蜉蝣祿海之中極犬馬奔波之相曷若簫鼓嬉江魚龍逐浪呼江月以照尊共酒仙而鏖量猶得樂哉優游洗塵土之胃腸領海天之清況於是舉酒屬客容與中流涉九霄想銷萬古愁感陸機之歎逝傷宋玉之悲秋憶放翁於東浦懷庾亮於南樓拍數聲之水調流餘韻於滄洲傲冰夷而倚浪揖素娥以方舟則且飛觴醉月倚遂酣謳會心之處不在遠行樂及時復何憂大好河山供嘯傲無邊風月盍同收且客不聞蘇子赤壁之遊乎固同此歲月良宵也以予之蝸寄海隅猶魚之游盆益地既維夫華夷人殊形夫蒼莽惟予情之信芳慕勝跡而神往眷眷乎水月之鄉飄飄然有伊洛之想此鷺江泛月之所自仿也斯時也秋水天長逸情雲上珠點波心露凝仙掌仙乎仙乎夜江打槳舟泛月兮光搖月照人兮氣爽江河月而不清月何秋而不朗撫琴動操衆山皆響放

浪形骸乾坤俯仰近眺兮塔影雙懸崖光百丈遠瞻兮鹿耳山嶺鷺門潮漲更看卅六島環
萬千氣象安得挹蘇海韓潮文瀾鼓盪流韻宇於滄溟紹芳蹤於僻壤客聞之不禁躍然起
曰先生之遊樂情多先生之論瀉長河先生之量如海波先生之興在江沱幽賞未已問夜
如何聊同笑語憶說東坡惟勝遊兮待續況醉顏兮其酡望流火之餘景趂皓月而長歌歌
曰凭欄有客迎秋思如此江山拚一醉醉拍闌干呼月來與君今夜不須睡先生曰噫吾人
之樂樂豈有涯仰瞻天宇鏡影西斜乃臨江釃酒酹月回槎而和歌曰溪浪痕生宿鷺沙野
橋行過路三义江流宛轉遶芳甸明月隨船送到家

前題 并序　　　　陳福錕

鷺門園亭之勝鼓浪嶼一隅爲最盛嶼之園則以藏海爲大園之經營十年矣今歲
又於眉壽堂之東建閣一區閣有曲闌循闌而行則四十四橋蜒蜿而達山麓菽莊
既爲園主喜曰海天百景在吾目中矣是可以談瀛可以觀釣然有園無客則園眞
獨孤矣有客而不能詩則人俗地亦俗矣故於花晨月夕佳時令節集二三朋輩觴

詠其中其主人婦亦工吟詠別築蕙香一室往來吟眺其間一日梓人告築閣成適値壬戌望日主人云此東坡前遊赤壁日也命其宗人瑞亭繪刻東坡肖像嵌石於閣壁乃召衆賓置酒以落之是日久雨新霽酒興正酣夕陽漸匿新月初上遠視山光若新沐潮聲激石如鳴夕鐘主人笑曰蘇子赤壁之遊正此年此日也所誤者以黃州之地指爲烏林今夕之月當不減當年所謂今月曾經照古人非耶遂與客泛舟江上遊歸而主人自述其事遍徵諸作者予適在鷺門遂爲之賦曰

觀天地之變化兮信陰陽之難測喜久雨之展晴兮澄四圍之海色問今夕之何年兮正涼秋之凄惻月初生於海上兮覩海天於無極善乎東坡之言曰月白風淸如此良夜何前望古人兮既不可見後顧來者兮焉知其他適我願兮興與時會浮生若夢兮樂少憂多夫閣成既得其地兮佳節恰際乎中元臨江流而慨想兮矧挾衆賓而開樽潮方生而觸石兮月已懸於海門駕一葉之扁舟兮但聞兩槳之聲喧於是涉浯嶼接圭峰開醉眸豁吟胸望水操之一臺兮憶籐牌之軍容指雙塔之分峙兮何必披乎蒙茸愛江空而人靜兮更誰擾水

底之魚龍何秋晨之短晷兮覺涼夜之方永月圓明而流光兮露凋零而淒冷聽洲雁之夕吟兮惜魚更之餘景波無際而茫茫兮若不知置身於萬頃覓小舟以各適兮等此身於泛梗喜旋散而旋聚兮聊託足於淸境聞昔人之豪遊兮渺滄海於一粟感過客之光陰兮乃夜遊而秉燭慕樂水之智者兮亦各得其所欲月將西而星稀兮且迴舟於江曲遂浩歌以歸來兮循前途以翔步悟物理之靜躁兮無吝情於去住銀河淡其將沒兮認前峰之煙樹不必作去後之思兮固已盡目前之趣恐陳述之不復留兮因紀遊而作賦

前題　巴澤惠

藏海園主人建壬秋之一閣倖元豊之五年乃召諸客共啟華筵觴而落之蓋在七月既望登臨攬勝以流連豪飲乍闌淸興未極散步於四十四橋之前殘陽銜嶺澄海接天滔滔兮指鷺門之江水漣漣兮放鷁首之畫舫相將自千波而往矣不覺淩萬頃之茫然也俄而月出昏黃潮生淺碧影罩水而籠沙光耀金而沈璧仰見斷崖欲崩赬霞作色其下若劍若印磊磊然分列於東西若則臨流之巨石輕舟掠而過之有如激箭之勢迫於時呼明月以開

樽泛滄波而排席海氣歛兮蜂青露痕凝兮珠白或言主客今夕之游奚異夫東坡之赤壁哉主人酌客而謂之曰古今之歲月云遠江山之風景不殊壬戌之秋編年猶是也齊安之謫作賦者仙乎然蘇子泛舟之夜非曹公横槊之江則不可誣亦祗以襟懷豪放感歎噫吁逞淩雲之健筆弔往古之雄圖而已至若今之海天空濶嶺嶠蒼涼懸巖仄匕故壘荒荒延平之功何偉朱明之統不亡乎錢王之弩將盡伍相之濤怒揚臢荒蘆之敗葉思列艦之高檣而與吾諸子臨流捉月滌塵胷於浩浩茫茫能勿酬海若酹英魂一舉而累百觴客曰吾子之言則悲夫既往也使坡仙而爲是遊更不勝其悵惘也古人已矣逝者如斯亦空令詞客之懷想焉爾今既有客在舟有酒在瓢風月雙清之夕水天一色之宵望美人兮寂寂歌舟子之招招樽前酩酊海上逍遙又底須吹簫嗚咽送大江東去之潮於是洗盞而更酌焉微風吹襟涼露霑袂吟曲江望月之詩憑列子御風之勢夜景兮將闌山光兮遠蔽雞嶼羅星之塔影浮沈而若流銅山金門之濤聲喧豗而即逝凜乎其不可留歸去兮於此際爰自中流收櫂入港直至鹿耳之礁以憩也榜人停橈遊客登岸迴望萬疊煙波已非復汎汎之

舟不繫矣良朋既散主人自歸喜空明之銀燭來相照於書幃鏡一匳兮皎皎樓百尺兮巍巍亭軒如水竹樹含輝淸淺之蓬瀛咫尺高寒之玉宇依稀與頃之所見其景則已全非安得仿枚乘之七發倩相如而一揮比黃州之勝賞收玉局之珠璣續後遊於十月之望狎鷗鷺江於上之釣磯

前題　周元芝

粵自胡塵方囂明室既屋心傷鼎湖之龍痛失中原之對鹿此腥羶不共載覆則有鄭延平郡王者具拔山貫石之姿有虎變鷹揚之目淚灑西臺地據南澳率籐牌子弟襄此義旗撫錦繡河山還吾華族鷺江燕巷猶遺水操之臺浪蹙濤飛空洗沙沈之鏃斯有心者寄慨桑田弔古者愴懷林谷時則長空秋爽皎月輝揚石壁森其詭狀金波盪爲虛光侶聯汐社遊騁菽莊江湧雷鼓之音槊橫一舸風捲覇旗之影酒酹千觴溯壬戌于元豐時正同於蘇子問黃州之赤壁地豈屬於周郎有懷一世豪雄不免附會牽强之譏若撫七閩故壘定多激昂淒楚之章然而歡宜永夕月豈鮮愁箋分缽擊酒勸詩酬心既同于止水襟更潔于澄秋

璧躍珠飛起龍鬭於海底金聲玉振落風雨於毫頭王仲宣負此晶瑩詞慙東鄙庾元規玩此娟潔景隘南樓人非楚囚不作此日金甌之泣座有蜀客借詢今宵玉局之遊回憶昨猶雨急今看月圓閣方成於結綺境倍麗於淩煙適當秋日繫以壬年遠來百粵帆雲流入盃底近挹七星山色秀從檐前散華遥于日夕縱桂櫂于江天沈靄初銷波澄於霽宇餘霞猶抹名並於晴川鄭將軍氣鬱雷霆英靄何往蘇學士情聯風月遺像當鑴于是用託羽鴻重煩毫兎逾騰蛟起鳳詞宗發紫電青霜武庫聞鼙鼓而思將帥難招細柳大樹之魂撫江山而供憑臨似花伏獵弄璋之誤乘槎犯斗過銅琵鐵板之豪擊楫臨流想遺世登仙之度捜珊瑚海上夙擅持衡握尺之名落珠玉雲端應多潘藻江花之賦

前題 以一舸蒼茫弔古來爲韻并序

陶磨蝎女史

鵲飛避火是阿瞞褫魄之年鹿耳焚香爲藩主痛心之處觀夫延平値擁兵而後標招討之功國立扶餘未曾背姓地雄南粵猶是稱臣攜儒巾而赴廟聲哀出家祭而犒軍力瘁雖襲兒自衛非太宗之計殺建成而叛父何辜異衛輒之兵臨蒯聵卽如

華洋印務書館代印

後先拒敵始終爲明既無疑塚之留復鮮當塗之識望銅臺於漳水賣履堪憐指赤嵌於魏城撼山非易然則稱朱者難得以罪臣自號而安漢考何能逃國賊之名此東坡於元豐壬戌五年宦謫黃州豪遊赤壁追溯孟德被困周郎事望一方之彼美不禁笑一世之徒雄也　菽莊先生家住鷺江園名藏海高談瀛客富倚馬之萬言小坐江天抗元龍之百尺性不喜溫公之獨樂居惟愛少文之臥遊閣築壬秋藜燃乙夜王定國復作定當繪疊嶂之圖秦少游若來何取戀繞郵之水自謂此日恨難譜洞仙一曲杳不知天上何年矣蓋　先生是閣落成高朋宴集適值壬戌七月既望與坡公所謂淸風徐來水波不興者意境髣髴惟坡公所遊非釀酒臨江之地而先生所居乃篠牌水操之鄉是即鐵板銅琶大呼東去瓊樓玉宇遙望高寒猶恐未足澆壘塊之胸襟寫烟波之跌蕩逝者已矣　先生愀然欲扣舷而歌之念橫槊其安在然廯蝸竊謂彼公飽經風雪浪跡天涯匏繫一官蓬飄千里地名惶恐愁過十八之灘更數短長牽入九重之夢喫花豬兮已晚放亭鶴兮未歸爪印鴻泥案遭龍

慹且神宗壬戌年代其時搢紳羅織邊境震驚把持有蔡確章惇敷奏付王珪宗孟安禮雖能進諫徐禧未足護兵坡公蓋痛時局於同朝借慨孤舟之嫠婦若　先生泝流望遠散步放懷良友贈言詩未詠西河之句黨人肇禍名不刊元祐之碑捉月高探乘風直上帆波鼓盪何愁睡榻之容人簾雨闌珊不念家山之唱破至如滄桑轉瞬臺島灰心風景不殊而山河頓異城郭雖是而人民已非中原之汗馬安存故國之銅駝已散此乃棋枰轉燭大地浮漚幸勿裂眥登廣武之塲何必怒髮讀臧洪之傳所惜成功鄭氏地據臺灣廈門之險將羅黃廷郭泰之才萬石巖乘醉襲來安平鎮屯師墮入望建業以覘王氣飛揚擬出石頭破瓜洲而覽金山鎮壓許留玉帶胡指日方銜夫鷁首而颶風竟作於羊山戰鏃塡平唾壺擊碎回憶當時偕甘煇施琅諸帥鎮提兵五百備船四隻於中秋夜泊舟鼓浪嶼何等神勇如許英奇乃亦類縱火之引還等連環之失計事業成於豎子家居擅自纖兒宜乎　先生爲之感喟欷歔悲歌慷慨也磨蝎　荃蘭寫怨曾降庚寅松菊依人同編甲子不羨封侯之夫壻

自慚龐仲之賢妻徐福裝馱能望到三神之闕若蘭錦織徒繡成七巧之機茲値外子巽人鏖戰文壇賭贏詞壘因執鞭特隨其後豈投石能賈其餘譬諸蕩激黄天容助戰於舟中之桴鼓敢謂香殘紅藕獨激賞於簾外之風花用是聊代登臨弗辭謭陋謹抒短引更託蕪詞乃爲賦曰

連宵聽雨添蕭瑟放晴烘託觀濤筆風流笑倒醉翁亭甯讓廬陵誇六一散步風乘凌空月墮遐想登仙安知非我吹廿四之簫聲雜两三之漁火如遇長公赤壁遊怕乘少伯西施舸時維壬戌高閣徜徉恍洲臨乎白鷺疑岡集乎鳳凰慕黄州之舊客探赤嵌之故鄉舟子招招蒹葭蒼蒼昔之水操臺上日光巖傍籐牌子弟臺島疆埸倏風雲其已歇指樓船其何方沙湖潮打漳浦城荒增予懷之渺渺瞻一水之茫茫猶憶夫釃酒徘徊旌旗炫燿孟德耄荒周郎年少驚灼炬於焦原藹當塗之失躍奎宿星過漳臺水眺道人從緜竹而來獨客著羽衣而笑使苟悲朱姓之淪夷亦將移黄初而憑弔悲矣哉東都不春金門無主汀鷗寨而淘沙礮烏樓而葬土鹽洲之港停帆桃花之山息鼓翳豈不邀煌言以塞屯率楊祥而跳舞高

屋建瓴戰車失輔欲向夢夢而一問之甯能鬱鬱與此終古乃歌曰滄海渺如粟披襟亦快哉放聲鸞鳳嘯翅首卽蓬萊寒潮如訴陣雲不開朋儕星散嗚咽水隈又歌曰疏暗黃昏月孤山懶問梅迴顧東方還未白眉公駕鶴或重來

前題 幷序

謝蓉昌

夫天高氣爽新秋多屬佳辰月白風清良夜都成美景昔東坡於七月既望與客泛舟遊於赤壁之下一時播爲美談千古傳爲韻事然而風流已往軌轍誰同或轅駒慨我恒跼促以家居或梁燕依人每飄零而作客展布不出於方隅游觀徒縈諸夢寐求其優游多暇舉動自如而能於花辰月夕從名山大川尋幽以選勝者戞〻乎其難之惟　莪莊主人者棲遲泉石嘯傲山林早辭宦海不誤迷津抱光風霽月之懷據環海襟山之勝一邱一壑不離桑梓之鈞游某水某山早達寰區之聞見時維七月序屬初秋起登舟望月之豪情醉拚今夕想釃酒臨江之勝概誤證當年是時也綠水無痕青山如沐兩岸潮聲一天露氣聯朋輩以偕行載酒肴而共往宛雪夜

訪戴之遺遙非燈夕平蠻之急遽成高閣應來燕賀郤値壬秋乘扁舟似歸鹿門適當子夜天光共雲影以浮空漁火雜河燈而耀彩曩歲登高爽節曾留三九之篇章此時乘興中元更有萬千之氣象而能不遐想古人幸餘韻之猶存計斯游之適合爲之興起而徘徊也哉僕慕藺有年識荆何日仰逋仙之雅抱敬祝瓣香負靈運之游情深慚苗裔恍結三生之契恨慳一面之緣願入吟社以追隨喜得騷壇之提倡懷君念切每興月明千里之思愧我才疏敢續江淨五言之句

宵涼似水天淨無河蟀語初歇雁聲遠過半篷蘆荻一舸煙波漁歌欸乃人影婆娑良夜之幽情孰暢主人之清興偏多蔌莊先生無塵俗懷有煙霞癖慣聽江聲貪看月魄登山則着屐扶笻涉水則浮家泛宅一朝興發於清秋幾度思生於靜夕一覽鷺江游懷肯降船排各一槳打成雙石流泉兮汩汩浪擊岸兮淙淙怯輕寒於草閣納好景於篷窗汪洋萬頃蕭瑟三秋如臨曲水巳到中流隔岸之嵐光掩映滿船之夜氣沈浮作此日泛舟之役效古人秉燭之遊一夕歎成千秋神往得水月之大觀託風流之遺響簫聲猶憶其悲涼歌調如聞其

慨慷感天地之無窮供古今以共賞夜色沈沈更漏已深微風吹袂涼意生襟駕輕舟兮游返就熟路兮歸尋溯行蹤之遠近戀餘興之登臨猶復遲眠而獨坐不忘覽勝而孤吟

前題　　梅道人

一吮痴龍歸海底晴雲高捧晶輪起四山煙水接鷺門壬秋閣在秋風裏輕陰如夢宿雨初收足以助吟興騁夕遊邀佳客臨清流高空星斗一輪月萬頃滄波兩槳舟草木度秋聲酒醒潮正平世外閒無事林中夢不驚二分良夜靜復靜一葉中流輕更輕我有嘉賓復有旨酒正在水之中又轉山之後門外風波不世情胸中邱壑惟株守近指鹿耳礁遙指虎溪口江天氣象倏萬千賓主指數得八九乃為之歌曰玉宇兮高寒北斗兮闌干夜長兮不成夢景寂兮彌自歎夕汐平兮石沒白露冷兮衣單客有撫琴而和之曰功名久無夢舟行自迎送行人愛說水操臺吾生但抱山陰甕機心早共鷺鷗忘閒情自作蛟龍弄我歌子舞月已逾午倦而知還會無久聚此遊非步東坡塵蘇子當年譏魏武黃州地不是烏林賦筆傳訛笑千古

前題

陸樹勳

東坡壬戌秋七月泛舟赤壁意清絕秋江霽兮秋月明兩賦曲高郢中雪歲時遞嬗不可留佳節又逢壬戌秋菽莊近在鷺江濱載索郎酒搴棠舟爾乃澄江如鏡纖月吐媚水波微漾嵐光滴翠橋虹亘而仍迴林煙靄而欲醉得莫愁之清佳却秦淮之歡侍挈良朋而與遊應東井之星聚始觧纜於曲岸徐放櫂於中流或紆迴於鷗渚亦容與於蘭洲客舉杯而邀月蟲雜吟以鳴秋披襟兮當風賦詩兮臨流任一葉兮往還樂天地之悠悠既而晶魄當空秋燈夕永明星三五銀河長耿細浪千層樓臺倒影塔雙峙而如拱山抱幽兮若屏鹿礁之樹低迎斷崖之壁遙逞一石一亭若見若隱瞥征雁之孤飛羨棲鸞之交頸開蓬戶而流矚娛天然之畫景觸往事以興懷顧茲遊而獨幸且夫赤壁千仞屹立江東據其險者魏之曹瞞遨以遊者宋之蘇翁鷺江之視赤壁江山雖異而霸奇則同我今得月恣徜徉昔人橫江列艨艟固寄托之殊趣斯勞逸而異工果孰得而孰失叩蓍蔡而難通況乎物數乘除蒼黃色變望長安兮已遠懷帝闕兮不見秦失鹿兮終迷淵沈珠兮彌眩孤竹之薇蕨兮猶甘季鷹

之莼鱸足念一擊自適儕入海之畸人片席如飛開曲江之夜宴於是客與主人相觀而善洗盞更酌酒陣縱橫莊諧雜作游氣漸褰輕紈愮薄爰命榜人維舟畀彴圓景送暉聲喧巢鵲餘醺未鮮行歌互答其歌曰

鷺江之水淸且長追千載兮邈虞唐懷伊人兮不能忘溯洄從之在中央鷺江之櫂櫂以愔弄明月兮揖遙岑菽莊韻事坡仙賦一樣風流無古今

前題　　黃鍾英

壬戌之秋七月既望林子與客泛舟游於鷺江之上海山蒼蒼海水茫茫乘風瀟灑嬉浪徜徉舉酒酌客一飲十觴作張騫之想詠希逸之章少焉霞綺散采天鏡飛黃秋水共長一天色落帆與孤鶩齊翔縱一葉之飄逸凌萬頃而徬徨於是頫仰今古乘與而歌曰隔千載兮共月光英雄安在兮天各一方吁嗟乎此非延平之故壘昔日之古戰場耶客乃進而言曰今夕之游將毋同於東坡之游赤壁乎溯元豐兮既往緬髯蘇之所歷浩唱銅琶高歌鐵笛憶赤烏之歲月對此渺茫笑銅雀之煙花終歸岑寂惜乎生今之世鬱鬱誰語而不獲與東

坡一室面覿也林子聞之淵穆有閒感喟何窮語客曰東坡之所游者夏口西北武昌南東舳艫啣接旌旗蔽空初非孟德釃酒臨江之地特贊武侯出奇一炬之功不過歎千古之治亂想一世之豪雄而已東坡若游於鷺江見夫日光巖上臺址崇宏籐牌子弟慨想英風當不知若何鬱結舉杯而欲問蒼穹客曰子亦知夫海與月乎人事有代謝而月則猶是圓缺也往來成古今而海則依然嗚咽也古人往矣姑不具說於是覽鹿門之岑嵒仰蟾窟之皎潔玉宇沈河銀濤廻雪回顧千尺斷崖勝境洵稱幽絕今夕何夕亭午月圓海天暮景變態萬千鯨波瑩若鮫風灑然九人與邁各奏詩篇爾廼夜色蒼茫歸懷迫逐把盞問天舍舟登陸客既散去徐還空谷獨坐淩霄之樓下視環山之瀆流雲吐華叢樹若沐動詩思於層巖收書材於尺幅快哉竟夕清游滌去俗塵滿斛幽賞未巳復憑欄而歌曰耽泉石兮水濱臺閣參差兮山海爲隣安得大風起於白蘋兮掃宇內之煙塵又歌曰鬧得桃源好避秦舉頭明月是前身古人不見今時月今月曾經照古人

前題以題字爲韻　陶巽人

江天一覽臺島千尋槊橫感慨杯舉登臨指水田之漢匕消戰鼓之沈匕非懷隱士於鹿門晚喧競渡如憶將軍於牛渚夜泊豪吟已無赤壁英雄賡酒同消梅子合遇紫裘壽客稱觴宜祝林壬（東坡生日淮士李委著紫裘吹笛歌鶴南飛曲獻壽見志林）原夫鷺江者霽雨波平乘風帆疾抱廈門鼓浪嶼而瀠洄襯日光水操而湧溢延平之營壘猶存子弟之籐牌鮮匹沙沈戟折似悲銅雀於春風雲黯煙昏莫問海鷗於舊日念砥柱特生令子芝龍惜不逢辰祇寒潮似訴藩王檣馬還驚屈戍菽莊先生割藏海之名園富觀濤之鉅筆等嚴陵觀釣盤桓比孫楚枕流閒逸有壬秋閣焉燕飲興酣龍華會密任我襟披宋玉放懷空尺澤之鯢笑他堂啟平章合坐鬭半閒之蟀定卜江河不廢何分王在後而盧在前相期風月同來奚止黃有九而秦有七傑構巍峩新秋倏忽孟德安歸元豐未歇因憶坡公以丙子年而誕生是閣值壬戌秋而突兀恨不獲銅琶鐵板激高唱於煙波可同他玉宇瓊樓探廣寒之宮闕一樣水光天接乘虛疑御仙風有人海上瀛談望古欲呼明月先生用是遠滌煩襟豪攄爽氣昨宵之喜雨亭名今夕之凌煙閣貴葦汎中流蘭徵臭味信隣買不勞千萬券待書無豈航輕祇受兩三舟

如葉末彼橋上駕能跨鶴豔游總覺無名有座中狂欲騎鯨爛醉仍歌未旣其泛月鷺江也容與扣舷奔喧淘浪掬在手而澄鮮捉當頭而傾向鷺飛而客比西雝鷺羽而地非宛上劍花紅而浪花白蕭蕭天地皆秋螢火微而漁火明寂寂星河近曠遺跡尙留赤嵌空城則四顧山瘖此身未到黃州彼美而一方天望溯夫神宗壬戌五年其時永樂城荒景靈宮駐蔡確之羅織方興安禮之諫章誰悟棄銀州而沈括才疏縱鐵騎而徐禧策誤如坡公者亦復坐竊宮磨蟄龍案懼嫠婦觸潛蛟之感簫泣孤舟霸才驚烏鵲之飛星沈舊句慨歎風翻殘雪信半生慣踏泥鴻依稀廿蔽浮雲指二水遙分洲鷺況夫招討鄭氏岳軍誰撼鼎力能扛鷗寨之汀直搗烏樓之巘橫撞將有洪政黃廷之選地爲沙湖漳浦之邦桃花山襲取普甯鋒摩對岸鹽洲港堅屯鎭衛旌擁奔瀧乃亦痛甘煇之天奪惜施琅之師降如登廣武戰場置身廢壘竟許容人臥榻遺恨量江宜乎先生問天無言以水爲鑑悲風景之蒼涼感神州之缺陷集會仿九仙洛下孤芳何羨林逋放棘等四明山人一曲願儕賀監迨乎歸帆散鸞鳳之羣獨坐聽魚龍之梵差喜峨眉客到比道人縣竹偕遊客有吹洞簫者此客即縣竹道士陸世昌見逸

老堂詩話 轉憐僊耳家移任宦海飄蓬遠泛嗟嗟棋局飄零舟檣出沒王孫徒泣新亭時代誰銘荒碣太傅弔屈原故宅山鬼空譍謫仙登孫楚高樓酒入未醱即如埈繼相繼扶餘之國旋傾丕植多才曹鄴之基仍蹶孰若先生哀野老之江頭蟠仙根之月窟定有石鐘作記再徵臨汝之七年會當書檄飛馳來賦曲江之八月

前題 轉擬王粲登僂賦即用其韻

沈桐蓀

落傑閣以崇閎兮繫歲月以壬秋忽清宇之開豁兮正雲散而雨收亘飛梁之迤邐兮聽电玉之泉流擊遙岑之爽穆兮挹聳翠之光浮林新如沐波碧于油駢菈嘉客錯薦珍羞雖韻事而乏佳日兮曾何足以淹留抒霞彩而煥空兮盍盡興以同斟倩眷眷而緬昔兮溯元豐之迄今嗣赤壁以懷蘇兮何逸遊而同欽蒼溟極而吟眺兮月穆穆以浮金入萬頃而泝流兮恰一葉之可任臨巉巖之峭矗兮肆詭怪而蕭森憶延平之建藩兮何歲月之易駸旌旗空而艫沒兮槊戟折而沙沈江流同其激越兮似鼙鼓而聞音惟盈虛之有數兮自循環其何極攬澄鮮之無質兮豈風月而論值飛海底之珠彩兮笑蛟蚪之莫得媚今夕之娟妍兮

故浹旬之深匿耳得之而爲聲兮目遇之而成色横吟槊以騫翔兮揮談麈以超特嘆吾生其刹那兮撫浩瀚而不息心悽愴以感發兮遂抽毫而潑墨志盛遊於林逋兮屏往迹於蘇軾望閩嶼而馳神兮悵荆州以未識

前題　　平道人

壬戌七月既望菽莊主人與客登臨乎壬秋之閣於時暮靄横江夕陽依嶂覽秋水之落霞聽晚風之漁唱枕流想孫楚之風觀釣慕蒙莊之曠既而皓魄將上涼雲盡收雁流哀於江瀨桂散芳於山陬近聆鼓浪潮聲風翻林薄遙見鷺門山色月滿江樓主人對江月之茫茫觀江流之滃乜撫時興思望古遙集永懷赤壁之遊爰泛鷺江之楫爾乃携旨酒偕吟賓放櫂乎千波亭外豁眸乎萬頃江濱則見海闊浮岸山高鬱雲峭壁嶙峋而蕭赤蒼波浩淼而無垠有類乎當年蘇子之遊風景依稀而逼眞至乃潮靜滄江煙開遠樹影耀金波光涵玉宇飄一葉於中流對江天而容與清風起兮松濤明月輝兮煙嶼饒畫意與詩情酌蘭肴與桂醑有類乎當年蘇子之游寄逸情於江渚已而過延平之故壘想昔日之軍威弔籐牌之

子弟歎滄桑之景非英雄盡兮煙波冷星月寒兮烏鵲飛有類乎當年蘇子之游弔孟德而歔欷然而人因地聚地以人傳彼赤壁之名播乃景仰乎前賢嗟斯地之僻處與中原而遠懸不遇談瀛之客難逢玉局之仙賸蕭七兮涼月照寂寂兮山川主人於是愀然嗟酡然醉發懷古之遙情抒感秋之幽思歎騷人之不作惜湖山之憔悴既觸景而興懷遂長歌而寫意歌曰海山莽莽兮海月團欒天河秋碧兮巖壑宵丹歎江山之無恙兮悵英雄之不還安得子瞻詞賦兮壯萬古之波瀾時則露冷空江星稀碧漢雁唳月斜螢催宵半歎游興之已闌惜良時之莫絆乃返棹於鹿耳之礁艤舟於蒹葭之岸金谷人歸漳川客散重看菽莊花月並入吟邊回思鷺水風光都來枕畔

前題

彭祖壽

昔年東坡赤壁夜泛舟歲在元豐壬戌七月秋今年屈指一十四壬戌問誰繼起髣髴同其游廼有菽莊主人者清室遺賢逋仙後裔感故國之摧殘痛新朝之詭異爰築宅於海隅遂棲身乎樂地堂開眉壽亭園環繞玲瓏閣建壬秋山水天然位置欣大匠之告成會羣賢之

畢至是日也秋光乍霽慶月初過山銜夕照風動庭柯少焉月上林表雲廻澗阿主人與客
慕臨流之樂興鼓櫂之歌攜手則數符九老緩步而亭出千波浮木蘭兮容與載竹葉兮旨
多瞻長空兮一碧無際泝斷岸兮萬象包羅似神游乎玉宇儼槎泛乎銀河祗自娛中流之
瀲寂遂相忘世路之坎坷既而蟾魄當空鷺門遙企諸峰隱約乎雲間列宿浮沈於海底主
人乃指客而言曰此地爲藤牌子弟舊鄉鄭延平將兵故壘日光巖遠映滄波水操臺猶存
遺址望風懷想不勝猿鶴之深情對月商量頓悟鳶魚之妙理彼夫託跡繁華之市置身混
濁之場或席豐而履厚或氣吐而眉揚或爭雄於南北或誇耀於金張富貴雖顯榮而足羨
姓名多磨滅而不彰試觀金谷銅臺而今安在孰若蘭亭芝閣亘古流芳客相與而笑曰子
誠達人也有曲江之風度具潞國之精神昔爲廊廟偉器今作江湖散人豈輞川之摩詰抑
剡水之季眞不然何吟情之未已獨逸志而常伸於時聲沈萬籟光滿一輪涼颷吹袖薄霧
沾巾榜翅倦飛游樂無垠復相約折棹而返覩物自陳乃爲之歌曰山蒼蒼水茫茫風颯颯
兮波汪汪素娥明媚兮放奇光紅樹招邀兮弄巧妝夾岸兮樓臺倒影掠舟兮花草生香浮

空中兮流螢數點望天末兮歐雁幾行廻旋於鷺江之上兮徜徉於一葦之所杭又歌曰世人皆濁我獨清世人皆醉我獨醒目寓之而成色耳得之而成聲合天人之助順挹風月之清明如入廣寒之府如游不夜之城始信今夕鷺江之樂不減當年赤壁之情孰意十年來菽莊之韻事竟與千載東坡而齊名

前題　　談瀛

聞嘗披閩嶠之圖攬鷺江之勝浪滾滾兮無邊風蕭蕭兮入聽見夫亭榜千波雲橫一徑此地有崇山峻嶺遠隔囂塵其人皆散髮斜簪遄飛逸興輕舟乘夜月好攜來海上吟朋清韻咽流泉遙指到巖邊石磴有林君考英英氣度落落風騷同人聚首即景揮毫距辛酉之雅集俄壬戌之相遭構傑閣以翬飛背山面海敞賓筵而燕飲氣爽天高且際茲露白葭蒼試與溯洄水國若抛去清風明月得毋辜負詩豪自夏徂秋厥月名相天宇肅其泬寥地勢極其遼曠厭久雨兮無聊喜新晴之乍放萃良朋兮八九恰逢西蜀故人載野航兮兩三不亞南皮畫舫請辭謝眺青山之約登眺何勞適與坡仙赤壁之遊後先相望回憶髯翁有宋元

豊一官遷謫數載飄蓬本朝中之學士作漢上之寓公聆吹簫和我之音不禁感生遲暮緬横槊賦詩之概徒悲老去英雄每悵望尺五天邊只今夕清談對月慨銷沈八百年後更何人媲美流風乃茲則地闢菽莊堂開詩壘索具雅懷旁招多士有海內豪俊爭來趁江上帆檣若駛問甲子自題而後淵明幾落斜川當癸丑維暮之春逸少偶臨曲水他如西湖正好清明南皮亦俟瓜李重九登太華之巔臘日遊孤山之裏四時之景不同一味之涼尤美大好舉杯邀月聊與接以爲緣何妨挂席乘風證當前之即是其於鷺江泛月也三篙瀲々一水盈々盼鷺門兮隱約較鷺洲兮晶瑩鷺飛兮我客戾止鷺立兮塵網不驚勝鹿門棲隱之居晚涼散步恍牛渚登舟之夜秋色横生卅四橋虹臥波心倒映則半空霞落三兩點鷗浮水面低銜則一顆珠明羌乃弔古蒼茫懷人慨慷山色青青波光泱々臺建水操兮尚存隊列籐牌兮何往蓋彼則念曹瞞之績逝者如斯而此則溯成功之勳後將安仿留得江山無恙問淘殘幾輩豪雄別饒風月多情差足慰吾儕吟賞維時一白無際中元乍過夜涼似水雲薄於羅滄海之變遷若此登臨之感慨如何百年歡會幾多時浮生若夢一笑姮娥應識

我擊楫高歌偶來拂袖爾鷗節催西陸宛爾汎舟穎水影散東坡迨夫斗轉參斜漏殘人散湖回螺女江頭棹返鹿耳礁畔爲之列敘時人用以流傳文翰茲游殊足樂定偕北海開樽好夜未曾抛不覺東方達旦遙隔煙波萬里恨不從瀛客談瀛料當風露三更直欲駕天船橫漢

前題　　季鳳書

積雨初霽怒潮乍平晝鷁徐放涼蟾愈明推孤篷而浪穩盪雙槳而風輕鏡中人坐畫裏舟行老漁顧之瞿然而驚曰此非荻莊主人林先生乎當此水天一色八月雙清胡爲戀高寒之境發喟歎之聲豈非攄舊懷之蓄念觸思古之幽情歟先生當壬戌之秋七月既望傑閣初成豪情斯暢愛新霽之遙空指隔江之疊嶂霞綺媚天雲羅啟障喜晚景兮澂鮮惹吟懷而跌宕時則月猶未出也乃欣然嘯侶命儔同散步於四十四橋之上未幾涼飈乍扇微波不起河影欲沈月光如水眄碧落兮空明近靑天之尺咫遙情忽生游興難已望美人兮一方共澔輝兮千里於是酒能金樽琴停綠綺命奚童召舟子攜能詩之吟朋屏勸飲之歌伎

乃鮮纜于千波之亭指鷺江而戾止是江也鹿耳峙其側雞嶼界其東有石壁兮夾岸俯馮夷之幽宮形蹲虎豹色雜青紅如劍如印亦奇亦雄豈限此爲天塹抑削成于鬼工加之澄波若鏡皎月磨銅舟行是間幾如探武夷之九曲更不知在汪洋萬頃中也于時江潮不驚月色逾媚曠然而思悠然如醉憶往哲而遐思慕雅人之深致乃舉酒而屬客曰今夕之游未知與元豐壬戌坡公赤壁有以異乎惜問之姮娥而不能鮮人意也顧坡公所游者實非魏武釃酒臨江之地然歎其爲一世之雄而因之感喟矣而是地也固延平教戰之所而子弟崛起之鄉也想其英姿颯爽壯志飛揚擁一軍兮鵝鸛屯萬衆于餘皇旌旗蔽日戈甲凝霜心存故國力闢殘疆雖復出師未捷賫志莫償固已令江山生色與日月而爭光況夫水操臺之故壘猶賸籐甲軍之廢屯未荒使東坡而在今日有不動無涯之欣慕增一倍之悽惶想英風於千古邀江月以酹一觴乎今夕何年幾經變遷山川無恙風月依然遂洗盞而更酌泛中流而刺船指蟾魄而逾午望鷺門而隱煙凉風瑟瑟清露涓涓良夜將半高吟未眠可緩乜而歸矣咸懔乜乎其不可復留焉既而輕廻棹笑謝嘉賓登畫樓而四覽又目

光之一新見夫池臺如水草木裝銀喚碧翁而欲問覺素娥爲可人待中秋之令節請後約以重申雖復涼生葛衣露溼羅袂猶自掀髯舉杯揮毫作記視東方之既明猶倚闌而不寐迨夫老漁既歸笑述此事聞者遂嘖〻相傳以爲神仙之游戲

前題 仿阿房宫賦體　　戒壇老衲

金風襲銀濤急傑閣葺羣賢集放棹四十四橋乘潮出入鷺江抱嶼而瀠川古浪洞天龍頭鹿耳對峙渟淵菽莊巋然地以人傳疊石築臺臨流建閣不落蹊徑別有邱壑德裕玉津季倫金谷匠心焉鬭角焉藏修息遊享不盡幾生清福名園藏海枕石宜流危樓聽潮延爽宜秋良辰美景懷騁目游七夕遇閏回文選詩三九紀念雅集傾卮花晨壽菊載酒東籬一浮之豫一會之盛而景地咸宜金商應節璧月當頭風吹蠹鴿浪狎白鷗提壺挈榼嘯侶呼儔乘興而往駕彼扁舟七椀風生試茗槍也百篇日試逞詞章也珠璣互役集錦囊也觥籌交錯飛羽觴也野航恰受一葦杭也中流容與杳不知其入於雲水之鄉也一觴一詠相與流連江風山月氣象萬千顧而樂之不知今夕是何年晃巖之返照圭嶼之殘霞操臺之故壘

覆釜之流沙山川勝概曷其有涯一旦臨其地大會無遮月明牛渚風送馬當古人之樂樂且未央今日視之不甚低昂嗟乎壬戌之年坡公遊赤壁之年也有開其先人亦結其緣奈何侈之爲快事望之若登仙彼橫槊之慨何如籐牌之蜂屯釃酒之樂何如鐵騎之狼奔英雄一世之自負何如亡國孤臣之淚痕使弔古之士每相提而並論山川不改故蹟猶存鹿逐原羊觸藩神州莽莽余欲無言嗚呼遺其貌者取其神也非契乎前因也觸其類者引而伸也非步其後塵也嗟夫使當世各適其適則足以隨淵波而出沒人人各得其得則可以取無禁而用不竭何疑其弄扁舟而散髮也古人不暇自哀而後人哀之人哀之而能繼之安在今月之不如古月也

前題　沈眉

客有羈旅廈門者日暮途遠時亂年荒塵坌撲面悲憤盈腔見夫奇貨山積番船雲翔華風失競海波高揚慨種族之自殘痛家國之將亡瞻四方兮靡騁容躑躅於道旁就館人以求宿心抑鬱而悽愴館人哀之曰夫人迂腐者慮窒曠達者心逸大廈之傾一木何以支車薪

之火杯水不能滅今子志大於八荒而身跼於一室恐無救於擾亂之世而徒增其幽憂之疾耳此間有菽莊者括天地之精英竭山川之秘藏人文加一等園亭甲四方主人林君程功致巧椙陰度陽枕流爲亭依山爲堂臨渡口而停舫隙峰腰而穿廊轉洞房則雲迷霧隔俯曲檻則水遠天長他若奇木珍石名葩秀質文鱗躍錦嬌鳥調簧圖不能畫言不能詳歲在壬戌七月既望高閣初成招朋共賞忘主忘賓爲酬爲唱又當宿雨初晴新秋送爽浦口潮來林梢月上君廼與客放舟于千波亭外渺矣情長歸棹於四四橋頭夷然心曠蓋其時與元豐之歲月同符而其人與坡老之情懷彿彷子盍從之遊乎我將介子前往焉客曰儒者半畝之宮環堵之室彈琴詠歌取足自適何必殫剞劂于斧斤恣塗飾于丹漆矧俗尙浮華則示之以樸質世貴豪奢則矯之以儉嗇如館人言者恐類於楊黌之苑藏螢秋壑之堂鬭蟀也倘高明而致瞰不有慚於衡泌乎館人曰否否吾聞岐周之囿七十里杜陵之十萬間是以芻蕘接踵寒士歡顏主人壯歲亦曾遊京雒列朝班吾道不行歸與興歎洎晚年乃避地東海歸隱北山其爲遊觀以敎瓊琚之雅好助文字之波瀾識者方以主人之出處卜

國家氣運所關子何懸擬不倫妄肆譏彈也況其種族之悲家國之恫流露於文詞間尤如掬心胸者乎子試讀主人之鷺江泛月詩必能知其苦衷登水操臺而抒嘯企鄭延平之英風戈戟沈沙可認衣冠叢葬有封血三年而化碧氣十月而成虹弔國殤兮悲風起颺神旂兮夕照紅舟行至此感憤奚窮實與子有同志焉且將一見如故而兩情交融客廼免冠自謝褰裳相從袖新詩以爲贄使舘人爲先容謁於主人曰昔者高飛遠引范大夫刺五湖之船昨非今是陶靖節尋桃洞之仙類皆一往不返萬念俱捐未若主人之在天在淵可飛可潛處叔季之世而託想則羲農以前徵草茅之士而儲才則管樂之賢自比蘇公諱言則然慨慕鄭氏其志見焉僕竊傾心願爲執鞭主人疇昔之夕僕恨未得前驅江山如舊日月不渝赤壁之遊有前後白雲之招無爾吾扁舟再駕濁酒重沽韻事賡續庸有既乎風淸月白之夜請與主人俱

附名錄

甲選　二十名

沈則沆江蘇　蟄廬主人福州　問琴閣姑蘇　周天翼揚州　陳福錕福州　巴澤惠山東

周元芝江蘇　陶磨蝎南京　謝蓉昌揚州　梅道人福州　陸樹勳湖北　黃鍾英揚州

陶巽人南京　沈桐蓀安徽　平道人粤西　彭祖壽湖北　談　瀛揚州　季鳳書江蘇

戒壇老衲泉州　沈　眉江蘇

乙選　八十名

袁晉和江蘇　鄒瘦鶴上海　閔金禾江蘇　張蓮湖廣東　元眞子泉州　徐醫隱揚州

昇文山人泉州　梁步雲廣東　葛月樓江蘇　仲　英揚州　老　鳳江蘇　吳我相江蘇

西堂吟主揚州　文　青福州　周心翼揚州　陳添籌泉州　吳承烜江蘇　康筠菴福清

錦里書生泉州　梁仲仙廣東　陶隆儀南京　徐祝三江蘇　顧玉行蘇州　陶芷卿南京

後　知江蘇　張蟄公蘇州　陶岫敷南京　胡讓之江蘇　陶花奴南京　章兆植江蘇

陶淑媜南京　黃公敏揚州　杜守欽惠安　黃明叔揚州　嚴昌堉上海　韓慕陶江蘇

方濺芝江蘇　方六皆江都　滄浪孺子福州　楊家駒浙江　張內臣撫城　蘇壽萱漳州
寅齋退叟揚州　圓圓居士福州　方佛生南京　謝兆初揚州　江子雲揚州　寒匏道人山東
李雁笙東台　馮湘泉江蘇　錢競五泰縣　程士型安徽　周　大揚州　許元善湖北
張瑞麟江蘇　戴迴雲淮安　張慕顛揚州　姜　通東台　朱樵薪江蘇　周瘦山江蘇
碧溪漁者漳州　秀　蝶通州　楊鵬程廣東　唐壽眉揚州　蕪城游客揚州　壺　隱揚州
錫　周湖北　方蘋庵江蘇　一　笑南京　孫劍烁廣陵　譚　濟江都　譚亦緯揚州
汪鑽伯揚州　孫渭臣思明　老　漁淮安　遠　堂興化　宋芳潤江蘇　張隱如湖北
紅橋遊客揚州　瘦雲女士伍祐　楊士欽浙江　姜民敬揚州　郭　蘭揚州　韶芳居士福州
郭　蕙揚州　熊霞仙永定　信陽子江都　公　美邳州　釣龍臺客厦門　謝鸞孫揚州
牟尼一串珠福州　張　斌福州　施又森福州　顏練影厦門　西蜀亭長揚州　蘇開第松江
王纘綸直隸　師　侗揚州　孫樸龕揚州　侶　鶴揚州　黃則碧安溪　鳳　英江都
孫孝竹江都　吳雁峯永定　鄭危人福州　鮑秋白伍祐　撫城瘦鶴揚州　徐吉人江都
楊碧珠伍祐　姜星槎江蘇　洪澄秋厦門　仲闓均江蘇　孫遯葊廣陵　徐藹叟揚州

張我軍漳州　七功泉福州　林鍾英廈門　戴閔人淮安　張錦鴻安溪　周之德漳州

張千里廈門　漱　石淮安　張卓哉江都　瘦西湖釣客揚州　陳得麟福州　曾吉甫台灣

詠癯仙館揚州　彭菁士廈門　汪蔭卿揚州　楊寶丞北京　盧達廷廣東　李夢華廈門

鄧旭東台灣　龍品恭順德

甲選二十名各贈書券銀十元乙選八十名各贈書券銀五元丙選二百名各贈書券

銀一元以上贈品希將勘合寄至福建廈門鼓浪嶼菽莊吟社支領原稿恕不奉還

勘誤表

頁	行	字	正	誤	漏
二	十七	九	自	目	
三	廿一	六	光	先	
四	五	廿			一
又	十三	八	邦	邦	
五	十一	十六	何	河	
六	十八	十八	迹	逃	
七	五	十二			惜
又	十一	廿四	廻	迴	
又	十六	二三	於江	江於	

頁	行	字	正	誤	漏
七	十八	廿二廿三	鹿對	對鹿	
十	十九	廿七	欵	歀	
十二	八	卅四卅五	一天	天一	
十七	一	廿	頴	穎	
又	八	十三十四	懷舊	舊懷	
又	十八	十			猶
十八	十九	十五			後
十九	十	卅四			夏

乙選陳壽三誤爲陳壽王

丙選孫渭卿誤爲孫渭臣

張斌丹徒誤爲福州

辛酉九月

菽莊玩菊詩

蟫窟第十期

蟫窟第十期詩選

甲選三十名

菽莊玩菊 五言律一首

胡國鎏

己未登高節初歸適自東騷吟邀契友雅集憶而翁此日幽芳似當年逸興同思家異張翰何事悵秋風

菽莊玩菊 五律不限韻

江 玲

秋色滿東籬籬邊爛醉宜花如人瘦日風送客歸時帶笑樊川口忘言栗里詩輕舠裝卸後吟侶憶天池

一

菽莊玩菊 五律四首

張東茂

平生性愛菊栽種滿東籬劚土劍三尺賞心花一枝冷香情脈脈瘦影意遲遲夙昔餐英慣黄昏讀楚辭

避地余何敢幽棲老此生人閒花自落客至酒頻傾蕊壓朝霜重籬疏夕月明向來期正色瞻玩不勝情

好花宜對酒老屋慣藏書細雨霏三徑涼風瘦一廬終朝惟我伴舉世識君無未必孤高傲心知涉世疏

樹密樓臺隱花濃灌溉勤兩山環菊徑一水對柴門異

地雖爲客新詩欲斷魂此心眞晚節不管夜霜繁

蔌莊玩菊 五律不拘韻 紉秋女士

爲嫌城市閙卜築水雲隈笠屐披霜至裙釵踏月來東籬同覓句老圃且啣杯回首天倫樂黃花笑口開

蔌莊玩菊 五律 跛 六

徙倚東籬下南山在目前却疑醉陶令來訪小逋仙英落和霜嚥花堆作枕眠莫將秋放過况值碧雲天

陶詩採菊東籬下悠然見南山離騷夕餐秋菊之落

二

英菊枕柳永詞碧雲天黃花地西廂曲亦採用是語

菽莊玩菊　五律不限韻　　劉成

遠別山莊久秋風買棹歸非關純戀戀却爲菊依依座上燒銀燭籬邊盼白衣醉眠拚化蝶長繞落英飛

菽莊玩菊　五律　　葉勉端

閒尋高士宅來訪隱仙壇秋色澹無語霜英香可餐傲深翻覺媚清絕不知寒我亦逃名者憑君冷眼看

菽莊玩菊　五律不限韻　　阿瑛女子

不逐穠華隊惟依翰墨林格高宜晚節香澹見秋心休
負籬邊醉常懷澤畔吟漫云寒徹骨滿地是黃金

菽莊玩菊五律不限韻　蕭錦祥

別業黃花好秋來入夢頻南溟歸棹客老屋捲簾人叢
坐希陶令英餐異楚臣遙憐工部意兩度淚痕新

菽莊玩菊五律不限韻二首　通和生

東瀛歸棹日小宴會籬間酒與憐翁飲門呼稚子闗龍
頭香晚節人影雜秋山鼓浪微風起輕舠送客還

心不同秋老金尊灑淨塵夕陽籬下影晚節月中人世
上黃金薄花前白髮新客來當盡醉爛漫是天眞

菽莊玩菊 五律不限韻　　德貞女史

愛菊侔彭澤花時興欲狂歸舟從海國勝侶集山莊酒
酌疎籬畔詩哦老屋旁醉還開眼看忍入黑甜鄉

袁簡齋有對菊睡去詩

菽莊玩菊 黃　　笑公

歸日正重陽黃花滿菽莊詩箋裁蠟色酒盞泛金光蜂

蕊攢心密鵝脂著瓣香姚家多麗質晚節遜芬芳

菽莊玩菊　　侯錦

自有淩霜骨羞隨艸木凋湧傷秋易老翻覺晚來嬌願

借梅爲伴還欣鶴可調主人知愛護時把墨香澆

菊譜有晚來嬌一種花略小作粉紅色

菽莊玩菊　　胡國賢

早有新詩約歸裝趁好風平隄秋水碧老屋夕陽紅正

則餐寧忍淵明愛略同不知摩達畔髣髴似何叢

菽莊玩菊　阿瑛

不學春花媚傷然出世姿正堪供几席忍令傍藩籬伴我霜三徑酬君酒一巵莫忘風雨約歲歲雁來時

來鵬詩菊花村晚雁來天

菽莊玩菊　五律二首用主人壽菊七律韻　楚臣

有客自南來臨風笑口開爲尋彭澤宰同醉菊花杯晚節饒三徑新吟和七哀依依憐影瘦欲去首頻回

晴天秋色滿草閣對江開已放東籬菊宜傾北海杯好

花供玩賞往事莫悲哀白髮須簪徧樓頭雁又回

無恙故人回相逢且莫哀淡黄籬畔菊大醉眼前杯秋

又一首 倒用前韻

老容顏瘦花香次第開田園蕪已盡頭白好歸來

菽莊玩菊 五律四首　天南逸叟

十年塵海變無處不魂消舊雨懷彭澤新詩和午橋孤

芳閒自賞瘦影淡難描多謝東山客殷勤遠見招

難得閒時節扶笻過菽莊榮枯隨草木點綴藉牛羊地

不纖塵染天留晚節芳恠君貪玩賞老圃足徜徉
牡蠣園牆外幽居只種花栽培新事業詩酒舊生涯葉
密深藏蝨逕長曲似蛇繞籬秋色淡添藝廣陵瓜
几淨窗明地依山傍水居人皆疑市隱我獨愛吾廬坐
石消清晝憑欄讀故書延年儲斗酒異日約樵漁

蔌莊玩菊 五律不限韻　　葉勉康

不作繁華夢蕭然獨抱眞佳名符隱士賢主是詩人晚
節高難及秋容澹可親問誰堪與伴除是葛天民

菽莊玩菊 五律不限韻

胡旭升

久作天池客秋風每憶家東籬拚醉酒老屋喜看花有約經年舊無言落日斜肯同袁大令蝴蝶自矜誇

袁枚對菊睡去詩夢爲蝴蝶去猶繞冷香飛

菽莊玩菊

陳麗堂

曩歲邀唫侶曾稱介壽觴移家頻憶汝歸國爲君忙異卉思携伴名花合號王不知彭澤種可育牡丹黃

菽莊玩菊

師屠狗齋主人

何處無黃菊平平未足奇一經名士手便有散仙姿應許陶公醉疇憐楚客悲相逢休恨晚知爾不趨時

蔌莊玩菊 五律不限韻

深涌鈞漢

一夜梅空憶頻年菊易荒懷歸從海島介壽集山莊潦倒簪前日徘徊立夕陽忽思蠻芍藥呆對牡丹黃

主人疊移居饗答公愚詩頻年殘菊荒徵士一夕寒

梅憶後村

主人有壽菊雅集詩

主人秋日懷人詩黃花潦倒去年簪

主人牆角牡丹歌不如携種閩江去伴我菽莊黃牡

丹

菽莊玩菊 五律四首　　　　　　　　　　　　　　　　　　　恢　叟

役役奚爲者南山徑未荒花開彭澤菊人住板橋莊傲

骨寒逾重詩懷老更狂延年新釀熟料理伴孤芳

高格知誰賞幽居祇自憐客來三徑地人瘦九秋天白

髮孤臣老黃花晚節妍蕭齋閒訂譜對影寫吟箋

隱逸平生志休嗟淡弗如兩開他日淚三益故人書楊柳誰家宅梅花此敝廬午橋曾訂約莫問故今吾

爲有看花癖栽培歲幾更菽莊今日月遼海昔書生歷歷滄桑感依依老圃情未須招隱賦歸夢醒分明

菽莊玩菊 五律不限韻　盧贊臣

菽莊何處是鼓浪欲追尋酒酌重陽日詩裁萬里心似憐情冷淡不與俗浮沉傲骨經霜健烟横老圃深

菽莊玩菊　葉勉端

靜坐南窗下渾忘日已西名花知擇主勝地合留題佳色同楓醉孤芳伴鶴栖誰云秋景肅生氣滿霜畦

菽莊玩菊 五律　了了山人

暫息勞人草來看老圃花相期惟隱逸何事門繁華名自群芳殿人懷五柳家陶然一杯酒同醉鷺江霞

菽莊玩菊 五律不限韻　聯可

繞屋花紅白高人此隱居門前無俗客室內有奇書野色觀難盡秋容畫不如東籬頻徙倚微露溼輕裾

菽莊玩菊　五律四首

南溟旅客

不識陶家徑，匆匆過午莊。白頭今歲月，青草舊池塘。把盞邀蟫窟，尋詩到鷺江。捲簾人共瘦，辜負菊花黄。

盡日忘言對，凉風得意初。有花皆釀酒，無屋不藏書。雪白簪雙鬢，霜寒傲一廬。櫓搖思往事，背指認長途。

曾赴東籬約，名園菊正花。觴傾陶令酒，盤供故侯瓜。夢繞三山路，期愆八月槎。何當歸老圃，攜手話桑麻。

未遂棲盤谷，徒殷訪板橋。滄桑一別恨，髀肉十年消。土

薄栽無計頭童穉詎牢會償盈掬願采采到終朝

附　又一首　七律次主人壽菊韻

滿目黃花雁影來柴門遙對鷺江開休論北闕尙書府
且酌東籬彭澤杯隱士園林饒水木騷人心跡慣悲哀
午橋今夕催芳讌浮菊金罍大醉回

薮莊玩菊　五律不限韻　　懶叟

誅茅同宋玉因樹結成莊地近佳山水花開徧紫黃徘
徊三徑晚領略一畦香菊與人誰澹擎杯細較量

蟫窟第十期詩選題名錄

甲選

胡國鑾　江　玲　張東茂　紉秋女士
跛　六　劉　成　葉勉端　阿瑛女子
蕭錦祥　通和生　德貞女史　笑　公
侯　錦　胡國賢　阿　瑛　堃　臣
天南逸叟　葉勉康　胡旭升　陳麗堂
師屠狗齋　深涌釣漢　恢　叟　盧贊臣

葉勉端　了了山人　聯可　南溟旅客

南溟旅客　懶叟

乙選

張鋮　阿瑛　了了山人　勉康

冬壽　雪珠女士　張東壽　葉勉康

學懶　侯壽　阿瑛　瑞華女士

跛六　少玉　勉端　胡逸冬

葉勉康　墨泉　夢皈僧　老彭

十

胡國材　葉勉端　蝶　化　野　鶴
盧吉臣　鶴　洲　硯　公　梁少泉
石林詩裔　張乾成　師屠狗齋　仙湖女士
了了山人　嘯　谷　晦　眞　悔因居士
晦　眞　盧吉臣　劉達源　大　陸

丙選

夢皈僧　盧吉臣　師屠狗齋　石林詩裔
天涯寄客　盧文响　瑞華女士　天涯居士

盧永安　張傳湘　石林詩裔　張傳湘
盧贊臣　野鶴　陸肇墉　黃菊
壽生公　餘玉堂　天涯寄客

甲選三十名各贈書劵銀四盾
乙選四十名各贈書劵銀二盾
丙選二十名各贈書劵銀一盾
丁選二百二十名

第十一期題目

談瀛軒 七律一首不限韻 軒爲菽莊藏海園二十八景之一

限至古曆十二月十五日截收投稿者希交

新嘉坡日本實得力六十五號福記棧

蘇門答臘棉蘭埠北京路福記棧

厦門鼓浪嶼菽莊吟社

同文書庫・廈門文獻系列

第一輯

壹　王步蟾　小蘭雪堂詩集

貳　張茂椿　固哉叟詩集　翁吉人　寄傲山房詩鈔

叁　蘇大山　紅蘭館詩鈔

肆　沈琇瑩　寄傲山館詞稿　壺天吟

伍　林爾嘉　林菽莊先生詩稿

陸　李禧　夢梅花館詩鈔

柒　余謇　寶瓠齋襍稿（外三種）

捌　蘇警予　謝雲聲　甲子雜詩合刊　菲島雜詩　海外集

玖　羅丹　稚華詩稿

拾　徐原白　同聲集

第二輯

壹　謝祐　賦月山房尺牘

貳　黄瀚　禾山詩鈔

叁　邱煒萲　揮塵拾遺

肆　林爾嘉　李禧　頑石山房筆記　紫燕金魚室筆記

伍　蘇逸雲　臥雲樓筆記

陸　陳延謙　劉鐵菴　止園詩集　鐵菴詩存

柒　陳桂琛　陳丹初先生遺稿（外一種）

捌　賀仲禹　繡鐵盦叢集　繡鐵盦聯話

玖　蘇警予　二菴手札

拾　虞愚　虛白樓詩

同文書庫・廈門文獻系列

第三輯

壹　胡　鉉　椽筆樓初集
貳　吳錫璜　吳瑞甫家書（外一種）
叁　邱煒萲　菽園贅談
肆　蘇逸雲　臥雲樓雜著
伍　蘇警予　曠劫集
陸　黃伯遠　紅葉草堂筆記
　　莊克昌　感舊錄
柒　葉長青　松柏長青館詩
捌　海天吟社　海天吟社詩存
　　鷺江梅社　鷺江乙組梅社吟草
玖　林爾嘉　菽莊叢刻（外二種）
拾　陳桂琛　近代七言絕句初續集

第四輯

壹　吳葆年　繪秋樓詩鈔
　　吳兆荃　小梅詩存
貳　呂　徵　介石山房詩稿（外一種）
叁　邱煒萲　嘯虹生詩鈔
肆　李維修　寸寸集（外一種）
伍　沈覲格　拙廬談虎集
陸　江　煦　草堂別集　圭海集
柒　謝雲聲　靈簫閣謎話初集
捌　曾兆鼇　玉屏書院課藝
玖　林爾嘉　菽莊小蘭亭徵文錄　鷺江泛月賦選
拾　江　煦　鷺江名勝詩鈔